読み直し文学講座II

二葉亭四迷、森鷗外の代表作を読み直す

近代小説の出発、
立身出世主義の時代の
失業と恋愛

二葉亭四迷『浮雲』、森鷗外『舞姫』

小森陽一

かもがわ出版

まえがき

「読み直し文学講座」の第Ⅱ巻は、日本近代文学の代表作を読み直すということで、二葉亭四迷の『浮雲』と、森鷗外の『舞姫』についてお話しします。この二作は、失業と失恋の話です。なぜ日本の近代小説は失業失恋小説から始まったのか、ということを軸に、この有名な二つの小説を読み直してみたいと思います。

小説《ノベル》という新しい西洋の文学ジャンルの概念を、明治日本にもたらしたのは、翻訳《ほんやく》小説でした。イギリスのブルワー・リットンの『アーネスト・マルトラヴァーズ』を丹羽淳一郎《にわじゅんいちろう》氏が翻訳した『花柳春話《かりゅうしゅんわ》』（一八七八～七九）です。翻訳の題名は江戸の遊郭《ゆうかく》を舞台にした恋愛小説のようですが、貴族のアーネストと庶民のアリスが障害と試練を乗り越えて結ばれる、という、ゲーテの影響を受けた教養小説《ビルドゥングス・ロマン》です。

『花柳春話』の枠組みを模倣して、男女の役割を転換し、地方出身の貧しい男性が上京し、苦学の末、自由民権運動にかかわり、良家の娘と出会い成功するという型《パターン》の、立身出世小説・政治小説が一八八〇年代に流行します。そうした動向への批判として現れたのが、失業失恋小説だと私は考えています。

もくじ

*『浮雲』の引用は岩波文庫版『浮雲』より
*『舞姫』の引用は岩波文庫版『舞姫　うたかたの記』より
*引用のページ数・行数は（p○○・○○）で表記
*中学生も読み進められるように、難解な語句にルビを振った。

《二葉亭四迷『浮雲』》

第Ⅰ章　明治の時代状況の中での二葉亭四迷『浮雲』

森鷗外の『舞姫』は高校の教科書に載《の》っていますので、お読みになった方も多くいらっしゃるでしょうが、二葉亭四迷の『浮雲』については、名前は文学史で覚えなければいけない最初の日本近代小説である、ということは教えられても、実際に読んだことがある方は少ないのではないかと思います。それだけに、これを機会に『浮雲』を読み直していただければ、と強く願うものです。

何故「強く願う」のかと言いますと、実は私の文学研究者としての専門領域は、二葉亭四迷だからです。専門は夏目漱石だと考えておられる方も多いでしょうが、これは成り行きでそうなっただけであり、私が北海道大学大学院時代から研究対象にしてきたのは二葉亭四迷です。

それは何故かというと、私は日本語ができなかったからなのです。私は小学校時代、父親の仕事の都合で、チェコスロバキア（当時はまだチェコとスロバキアは分離していませんでした）の首都・プラハで暮らしていました。親の判断として、ロシア語を勉強しておいたほうがよいのではないか、ということになりました。プラハという都市には米原万里さんユリさん姉妹が先に住んでいらして、その姉妹が「在プラハ・ソ連大使館付属八年制ロシア語普通学校」に通われていました。その紹介で私も、小学校二年生から同じ学校に通うことになりました。

それで、学校教育はすべてロシア語で受けましたので、日本語は読むだけという生活を五年近く送りました。日本語が苦手のまま小学校六年生で帰国し、中学、高校と進んで卒業しましたが、国語の点数はその間ずっと悪かったのです。

それで、特技はロシア語しかありませんでしたから、本当はロシア語を活かして歴史学者になりたかったわけです。しかし、北海道大学の希望学部は二年生までの点数で決まっていきます。私の場合には、時代状況もありましたが、結果として、一、二年生は〝ビラと立看板《たてかんばん》とアジテーション〟の日々を送ってしまい、とても低い点数しか取れませんでした。それで、第七志望の、最も行きたくなかった文学部の国文学科に進学することになってしまったわけです。

しかし西洋史への想いは捨てきれず、授業はほとんど西洋史の先生のところに通い、国文の授業はさぼり続けていました。北海道大学にはスラヴ研究所というロシアから周辺のスラヴ地域について資料を集めて研究する所がありましたので、そこに入り浸っていました。本当は西洋史に転科したかったのですが、その願いかなわず、国文科で卒論を書かなければいけない、ということになりました。そうなると授業にも出ず、勉強もしなかった私が書けることといったら、ロシア語をベースに近代小説を書いた二葉亭四迷、本名長谷川辰之助を素材にするしかない、という選択肢になったわけです。

二葉亭四迷は、まだ本名長谷川辰之助のときに、これからの日本の海外とのかかわりでいちばん近く、外交的にも厳しい関係にならざるをえないのはロシア帝国だろうと考えました。それで、ロシア語を学んでそれに対応できるようにしようという、極めてサムライ的・志士的な思いで、東京外語学校のロシア語学科に進みました。一九世紀の当時は、語学学習の教材は、その言語で書かれた優れた文学作品を使うのがいちばん間違いない、ということになっていました。ですから、後の二葉亭四迷、長谷川辰之助が入った東京外語学校でも、先生は、ゴーゴリやツルゲーネフなど一九世紀のロシア文学の名作を教材にして授業を進めていました。長谷川辰之助は、これはすごくおもしろい表現だということで、心を揺さぶられるようになっていったわけです。

長谷川辰之助が東京外語学校露語科《ろごか》に入るのが一八八五（明治一八）年なのですが、ちょうどそこでロシア語の文学の勉強をする頃に、日本の近代文学は大きく動きます。坪内逍遥《つぼうちしょうよう》という、後にシェイクスピアを翻訳する日本の近代演劇、翻訳劇の創始者といってもいい英文学者が、一八八五年に『小説神髄《しょうせつしんずい》』を発表しました。そこでは、小説という概念を英語のノベル（novel）の翻訳語として使い、「小説」と書いて脇に「ノベル」と仮名を振っていたわけです。

『小説神髄』は、これからの小説はどうあらねばならないかを説いた文芸評論で、これを機に一大小説改革ブームが日本の文壇《ぶんだん》に訪れます。坪内逍遥は何故一八八五年にこれを書いたのか。明治は一八六七年から数え始めますから、七を基準に計算すると一八八七年が明治二〇年、その二年前が明治一八年ということになりますが、ここが日本の政治状況との絡みで大事なところなのです。

明治に入ってからの日本文学は、江戸の戯作《げさく》の流れを汲む戯作文学か、西洋の思想・風俗を伝え啓蒙《けいもう》するための政治小説中心でした。新しい憲法を制定するにあたって人々の人権を認めろ、という自由民権運動が起こります。女性の政治的な権利を認めよ、という女権運動もありました。それが明治政府によって徹底的に弾圧され、集会・結社の自由を規制する集会条例が制定されました。

例えば、演歌《えんか》という歌のジャンルがありますが、当時の演歌は「津軽海峡冬景色《つがるかいきょうふゆげしき》」といったような戦後のジャンルとは違い、自由民権運動において政府批判を歌に託した演説歌だったのです。演説は自由民権運動の政治運動の中心的な手段でしたが、それが集会条例その他で禁止されましたから、「演説してはいけないのなら歌を歌えばいいだろう」ということで、薩摩と長州の独裁的な藩《はん》閥《ばつ》政権である明治政府を批判する手段として、自由民権運動の中で演歌が生まれました。演歌師というのは政治活動家、歌う政治家でしたが、そういう人たちも弾圧されていきました。

また、直接的に政治的な表現ではなく、文学的な装《よそお》いのなかに政治的な主張を盛り込んで活字印刷をし、鋭い読者には政治的主張を伝えようとして、明治一八年ぐらいまで、「政治小説」ブームが起こります。しかし統制によってこれもなかなか発表する場がなくなり、小説を政治的な主張の道具として使うことが難しくなっていきます。そうした中で、そもそもヨーロッパにおいて小説というジャンルはどのようにして生まれたのか、これからの新しい小説はどうあるべきなのかを、歴史的かつ文学史的に考えたのが、坪内逍遥の『小説神髄』でした。『小説神髄』は、文学から道徳や功利主義的な面を排して、客観描写につとめるべきだと述べ、心理的写実主義を主張することで日本の近代文学の誕生に大きく寄与したのです。

ちょうどその頃、二葉亭四迷は外語学校で、ツルゲーネフやゴーゴリといった一九世紀の最先端のロシア文学について教わりながら、彼らの文学の価値を理論的に解明した、ロシアの文芸批評家ベリンスキーの批評的理論書も読んでいました。

ベリンスキーは、ツルゲーネフともとても仲が良かった人でしたが、やがて〈社会主義リアリズム〉へと連なり、現在私たちが〈近代的リアリズム〉と考えている、文学観と芸術観の基軸を創った人でした。つまり、人間という生きものを、さまざまな生活や経済的、政治的な関係といった社会的に取り巻いている全体の中で捕《とら》えることが大事だという立場です。彼は純粋芸術を否定し、芸術は特殊な社会関係を背景とすると考え、この見地からある登場人物を描きだし、小説にしていくということを、文学的な路線として自覚的に進めようとしていた理論家だったのです。

このベリンスキーの文学理論を長谷川辰之助はとことん学び、坪内逍遥の『小説神髄』に対抗するように、翌一八八六（明治一九）年に『小説総論』を書きました。長谷川辰之助は文学界ではまだ駆け出しでしたが、「逍遥先生、貴方《あなた》はもう古いのではないか」、「これからは社会性をもったリアリズム小説の時代にしなければいけないのではないか」という議論をあえて発表したのです。

当時、福沢諭吉を含めて、英語圏の文化、理論、書物が普及し、蘭学《らんがく》のあとは英学が日本にも広がる時代になっていました。その中で、ロシア語で研究する人は少なかったので、この長谷川辰之助のベリンスキーの理論に基づく『小説総論』は、坪内逍遥の心をも打ったわけです。

『小説真髄』の実践版として、坪内逍遥は、有名な『当世書生気質《とうせいしょせいかたぎ》』というみなさんもよくご存じの小説を書きました。これからの日本を担う若い知識人である学生たちを主人公にし、しかも「当世書生気質」ですから、何人かの書生群像を描いたものです。その冒頭部は、文明開化の中心となっている江戸改め東京で今、いちばん目立つのは書生と人力車である、という内容で始まります。これは非常に鋭い見方です。

明治新政府は薩長土肥《さっちょうとひ》という日本の西南諸藩の武士たちを中心につくられましたから、彼らがまず明治新政府の重要なポストに就《つ》き、東京と名前を変えた江戸で新しい生活が始まります。江戸城を皇居にし、その周辺のかつて旗本や大名が住んでいた屋敷を接収して、明治新政府の拠点にしていきます。そういう薩長藩閥政権の高級官僚のところに、地縁や血縁をたどって、さまざまな家事労働をする住み込みの書生が大量に増えました。当時はまだ薪割《まきわ》りや水くみなどもなかなか大変でしたから、そういう力仕事をしながら学校へ行かせてもらう、それが書生です。ですから当然、書生というのは明治の勝ち組に寄生した青年たちでした。

それに対して人力車夫というのは、日本のいわば最底辺の肉体労働者の象徴でした。しかしそれなりの体力がなければ人力車は曳《ひ》けませんから、本当に飢《う》えていた貧民にはできない仕事なのです。当然これは、旧幕府方の戊辰《ぼしん》戦争で敗北した負け組の人々、象徴的なのは会津藩士ということになりますが、そういう人たちが明治日本の唯一誇れる発明品としての人力車の曳き手となりました。日本の町は城下町ですから、基本的には馬では入り込めないような狭い道になっており、広い馬車が通れる道というのは人工的に作らなければなりませんでした。横浜には今でも当時作られた〝馬車道〟という地名が残っているくらいです。馬車が走れないとすれば、小さい車で人が曳く以外にありません。これが明治の初年に発明された人力車で、それが負け組士族の代表的な職業になりました。そういう書生と人力車を取り上げて小説を書いたのが坪内逍遥だったのです。

『小説総論』を書いた長谷川辰之助が、二葉亭四迷というペンネームで『浮雲』という小説を書き、坪内逍遥のところを訪れて、「どうかこれを推薦していただきたい」とお願いしたところから、一八八七年（明治二〇）年にこの小説が出版されたのです。

みなさんがテキストにされている岩波文庫本にも、『浮雲』の序文が載っています。二葉亭四迷の筆名による「浮雲はしがき」にはこう書かれています。（P7・2〜）

薔薇《ばら》の花は頭《かしら》に咲《さい》て活人《かつじん》は絵となる世の中　独《ひと》り文章のみは黴《かび》の生えた　陳奮翰《ちんぷんかん》の四角張りたるに頬返《ほおがえ》しを附《つ》けかね　または舌足らずの物言《ものいい》を学びて口に涎《よだれ》を流すは拙《つたな》し　これはどうでも言文《げんぶん》一途《いっと》の事だと思立《おもいたっ》ては矢も楯《たて》もなく　文明の風《かぜ》改良の熱一度に寄せ来るどさくさ紛れ　お先真闇《まっくら》三宝荒神《さんぼうこうじん》さまと春のや先生を頼み奉り　欠硯《かけすずり》に朧《おぼろ》の月の雫《しずく》

を受けて墨摺流《すみすりなが》す空のきおい　夕立の雨の一しきりさらさらさっと書流《かきなが》せば　アラ無情《うたて》始末にゆかぬ浮雲めが艶《やさ》しき月の面影を思い懸《がけ》なく閉籠《とじこめ》て　黒白《あやめ》も分かぬ烏夜玉《うばたま》のやみらみっちゃな小説が出来しぞやと　我ながら肝を潰《つぶ》してこの書の巻端《かんたん》に序するものは

明治丁亥《ひのとい》初夏　二葉亭四迷

あえて声を出して調子をとって朗読してみてください。この言葉の特徴は、明らかに寄席《よせ》の落語や講談の調子だということにお気づきになると思います。

二葉亭四迷がここで使っている「言文一致《げんぶんいっち》」、今は教科書的に「言文一致体」と言っていますが、これが新しい小説文体の流れとなります。二葉亭四迷の『浮雲』が日本最初の言文一致体小説である、と文学史的に言われるのはそのためです。

ここでおわかりのように、言文一致体小説には、寄席で行われていた落語や講談のリズムや口調、語彙《ごい》、駄洒落《だじゃれ》もはっきり入っています。お気づきになった方はニヤリとされたかもしれませんが、ここで寿《ことほ》いでいる坪内逍遥のペンネームあるいは戯作者としての名前は、「春のやおぼろ（春廼舎朧）」となっています。このあとに「浮雲第一篇序」という文章を坪内逍遥が権威づけで書いていますが、その署名は「春の屋主人」という署名になっていて、序文で自分のことを意識してくれたということが書かれています。

「春のやおぼろ」という坪内逍遥のペンネームは、春の夜のおぼろ月という意味です。月に微妙におぼろがかかっているわけですから、そのおぼろ月を完全に隠してしまう雲のように『浮雲』という小説が出てきた、と掛詞《かけことば》や地口《じぐち》を使って表現しているわけです。これは寄席の落語や講談の伝統の中によくある、洒落《しゃれ》や語呂合《ごろあ》わせなのです。

実は、この辺の文学史が、中学や高校ではあまり教えられていない所なのですが、寄席で行われた講談などと言文一致体は密接不可分な関係にあったのです。

二葉亭四迷の『浮雲』の文章にも、三遊亭円朝《さんゆうていえんちょう》の落語を実際に聴《き》きに行ったりして、そこから学んだことが反映しています。さらに、『当世書生気質』や『浮雲』が発表される明治二〇年は、先ほど述べたように、政治小説が弾圧された時期でした。大日本帝国憲法が発布される二年前になりますが、言論統制がこの国を覆《おお》っており、演説が禁止されるということと言文一致体の誕生は不可分に結びついていたわけです。

そもそも「演説」という二字熟語は、英語の speech を福沢諭吉が漢字翻訳して作ったものです。福沢諭吉が開校した慶應義塾《けいおうぎじゅく》の人たちを中心にして、明治六（一八七三）年に結成された「明六社」で、「演説《スピーチ》」をさかんにして学び合おう、というところから出発した漢字二字熟語です。日本の明治幕藩体制の政治の在り方は、基本的に上からの命令と下からの忖度《そんたく》で成り立っていましたから、お互いに意見を言い合って議論をするという言語仕様はほとんどありませんでした。庶民のなかではいろいろな形でありましたが、支配階級である武士階級の中に議論をする言語習慣がなかったのです。ですから、議会を開いてそこで政治的な論争をするためには演説ができなければなりません。

自分の主張を人にわかるように言語化することが基本的な能力になりますから、森有礼《もりありのり》や福沢諭吉らは「明六社」を作り、まずそこで演説の練習をすることから始め、これからは議会を開いて政治を進めていくのだ、ということになったわけです。

そうすると、演説として喋《しゃべ》ったことを、議事録として記録に残しておかなければなりません。すでにヨーロッパやアメリカにおいては議会が開かれていましたから、そこで話したことをメモしてなるべく正確に書き残し、後で活字印刷ができるようにする「速記術《そっきじゅつ》」が開発されていました。日本でもこの速記術を学ばなければならないということで、先見の明のあった人たちが速記技術をいち早く学び、それを仕事にしようということが全国的に広まりつつありました。

けれども、自由民権派と明治政府の間でさまざまな確執《かくしつ》があり、言論弾圧がなされる中では、議会が開かれて本格的な議論を開始するということがなかなかできないわけです。すると、せっかく高い講習料金を払って速記術を学んだのに、仕事がない、いったいどうしてくれるのだ、ということになります。それではっと気づいたのが、寄席《よせ》でやっている落語や講談を速記で書き写し、これを活字印刷して出版したらいい商売になるのではないか、議会が開かれるまでしのげるのではないか、ということを考えた人たちがいたのです。そうすると、自分の話したことが活字になるというのは、落語家や講談師にとっては最先端メディアに出ることができて嬉《うれ》しいわけです。本来は活字にして読めたらわざわざ木戸銭を払って寄席に聴きに行くまでもなくなる、それでは困る、となるはずなのですが、活字印刷技術そのものが文明開化の証しですから、「いいですよ」ということになっていきます。三遊亭円朝《さんゆうていえんちょう》の「怪談牡丹灯籠《かいだんぼたんどうろう》」を始めとして、講談や落語など、声で話したものを速記で記録し、それを活字に起こして出版するようになります。こうした取り組みが、政治が弾圧されている時代、明治一〇年代後半にかなり進んでいきました。

その名残として、大日本雄弁会講談社という特定の名前の会社ができました。「大日本雄弁会」ですから、政治的な「雄弁」をそのまま記録して出そう、そのための金銭的支えは、「講談」の出版でまかなおう、というところから始まった出版社が今の「講談社」だったのです。

ですから、まずは講談や落語の速記本が流通することによって、活字印刷された話し言葉を学習し、それを使うことができるようになりました。そういう段階で、明治二〇（一八八七）年に『浮雲第一篇』が出されたのですから、その時期は、ちょうど明治という時代の、文学状況の大きな変化と重なり合うタイミングだったわけです。

第Ⅱ章　近代失職小説としての『浮雲』

「浮雲第一篇」の冒頭はどのように始まるのでしょうか。作者名は、「春のや主人　二葉亭四迷合作」ということになっていて、誰も知らない二葉亭四迷というペンネームでは売れないということで、春のや主人、すなわち坪内逍遥先生が一緒に書いているという設定になっているのです。第一回の「アアラ怪《あや》しの人の挙動《ふるまい》」は、いかにも落語的な題名ですが、次のように始まります。（P11〜）

千早振《ちはやふ》る神無月《かみなづき》も最早《もはや》跡　二日《ふつか》の余波《なごり》となッた二十八日の午後三時頃に　神田見附《かんだみつけ》の内《うち》より塗渡《とわた》る蟻《あり》、散る蜘蛛《くも》の子とうようよぞよぞよ沸出《わきい》でて来るのはいずれも顋《おとがい》を気にし給う方々、しかし熟々《つらつら》見て篤《とく》と点検するとこれにも種々《さまざま》種類のあるもので、まず髭《ひげ》から書立《かきた》てれば口髭《くちひげ》頬髯顋《ほおひげあご》の鬚《ひげ》、暴《やけ》に興起《おや》した拿破崙髭《ナポレオンひげ》に狆《ちん》の口めいた比斯馬克髭《ビスマルクひげ》、そのほか矮鶏髭《ちゃぼひげ》、貉髭《むじなひげ》、ありやなしやの幻の髭と濃くも淡《うす》くもいろいろに生分《はえわか》る　髭に続いて差《ちが》いのあるのは服飾《みなり》　白木屋《しろきや》仕込みの黒物《くろいもの》ずくめには仏蘭西皮《フランスがわ》の靴《くつ》の配偶《めおと》はありうち、これを召す方様《かたさま》の鼻毛は延びて蜻蛉《とんぼ》をも釣るべしという　これより降《くだ》っては背皺《せじわ》よると枕詞《まくらことば》の付く「スコッチ」の背広にゴリゴリするほどの牛の毛皮靴、そこで踵《かかと》にお飾を絶《た》やさぬ所から泥に尾を曳く亀甲洋袴《かめのこズボン》、いずれも釣《つる》しんぼうの苦患《くげん》を今に脱せぬ貌付《かおつき》、デも持主は得意なもので　髭あり服あり我また奚《なに》をか覓《もと》めんと　済《すま》した顔色《がんしょく》で火をくれた木頭《もくず》と反身《そっくりかえ》ッてお帰り遊ばす　イヤお羨しいことだ　その後《あと》より続いて出てお出《い》でなさるはいずれも胡麻塩頭《ごましおあたま》　弓と曲げても張《はり》の弱い腰に無残や空弁当《からべんとう》を振垂《ぶらさ》げてヨタヨタものでお帰りなさる　さては老朽してもさすがはまだ職に堪えるものか　しかし日本服でも勤められるお手軽なお身の上　さりとはまたお気の毒な

途上人影《とじょうひとかげ》の稀《まれ》になった頃　同じ見附の内より両人《ふたり》の少年《わかもの》が話しながら出て参った

引用の最後で、登場人物として、後に内海文三と本田昇という名前があかされる「両人《ふたり》の少年《わかもの》」が現れます。明治の東京の都市の雑踏《ざっとう》の中、神田見附の官庁街で、役所が引けて帰る役人たちが、「ぞよぞよと沸出《わきい》でて来る」という、実に落語的な出だしです。

この書き方自体は決して新しい書き方ではありません。江戸時代から流行《はや》っていた、都会の繁盛《はんじょう》を田舎《いなか》の人々に伝えるという都市風俗誌で、『江戸繁盛記』『東京繁盛記』といった書物が何冊も出ていました。そういう繁盛記の流れを引き継ぎ、古い文学ジャンルの記憶をもとにしながら、新しい近代小説の中心的な作中人物二人が登場する、という設定になっていきます。

しかも、この出だしは、明治がどのような時代であったのか、役人が勤める明治の官庁というのはどういう階層的な権力体制にあったのかということを、冗談《じょうだん》めかしながらも実に正確にとらえて

います。
先ず髭尽くしで入っていきます。出てくる人物はいずれも頤《あご》を気にしています。「まず髭《ひげ》から書《か》立《た》てれば」と言って、「口髭《くちひげ》、頬髯《ほおひげ》、顋《あご》の鬚《ひげ》、暴《やけ》に興起《おや》した拿破崙髭《ナポレオンひげ》に狆《ちん》の口めいた比斯馬克髭《ビスマルクひげ》」と出てきます。二一世紀の今を生きている私たちにとっては「なんのことか」となるわけですが、世界史の教科書や資料集には、ビスマルクやナポレオン三世（ナポレオン・ボナパルトではなく）などの肖像写真、肖像画が載っていますから、世界史資料を紐解《ひもと》いていただければその辺の事情はわかるかと思います。普仏戦争でビスマルクのプロイセンがナポレオン三世のフランスに勝利したことが、明治の日本の官僚たちが髭を生やし、夏目金之助も髭を生やしていたという、髭文化を象徴する歴史的前提になっていたわけです。

明治の初めがどういう時代状況だったかと言いますと、開国から条約改正という流れでした。日本が欧米列強とのかかわりをもったのは幕末の一八五八（安政五）年に結ばれた「安政五カ国条約」からです。まずペリーが日本に開国を迫りました。アメリカは当時、イギリスについで世界第二の綿工業製品の生産国でしたが、そのいちばん需要の多いアジアでは、人口の多いインドはイギリスが植民地として支配していましたから、そこへは手を出せません。イギリスは阿片《あへん》戦争で中国へ手を出しつつありましたから、アメリカとしては大市場としての中国に綿工業製品を売り込みたい、そのためには北部の工業地帯で生産した綿工業製品を積んで〝静かな海〟と言われる太平洋を西海岸から渡ってきたほうが効率的である、と考えたわけです。

当然綿製品をより多く積み込むには、船の中をなるべく余裕をもたせておく必要がありますから、蒸気船で一番かさばる真水と石炭を、片道分だけ乗せてその分綿製品を多く積み込み、帰りの真水と石炭は日本で確保したい、ということでペリーは開港を迫ったのです。それで江戸幕府は、黒船に脅かされて、アメリカと開港するだけではなく、当時の列強五か国と「安政五カ国条約」を結びました。これは不平等条約でしたから、孝明天皇は勅許《ちょっきょ》を出しませんでした。それで薩長土肥《さっちょうとひ》諸藩は、「安政五カ国条約」を結んだ幕府は許せないということを口実に討幕に打って出たのです。

ですから、討幕勢力が政権を変えた最大の政治的なたて前は、「不平等条約を改正する」ということでした。しかし、条約改正をするために幕府を倒して明治政府をつくったのですが、新しい国家ができたばかりで、条約改正などできるはずがありません。とりあえず岩倉具視《ともみ》を全権大使にして、一八七一（明治四）年から七三（明治六）年にかけてアメリカからヨーロッパに渡り、「安政五カ国条約」を結んだ相手国との交渉を行いました。当然、門前払いに近い形で断られましたから、結果として、アメリカやヨーロッパの新しい文化や文明を学んでくるというのが、岩倉使節団の役割となりました。使節団の報告は、お供をした久米邦武という漢学者が、全部記録に取っていて、岩波文庫から『米欧廻覧実記《べいおうかいらんじっき》』という題名で数冊が出版されていますので、ぜひお読みいただければと思います。

ちょうどその頃のヨーロッパでは、アルザス・ロレーヌという鉄と石炭の産地をめぐって、新興国家として徴兵制の国家をつくったプロイセンがドイツ諸侯の中心となり、一八七〇年にナポレオン三世のフランスに戦争をしかけます。これにナポレオン三世が対抗し、プロイセンとフランスの戦争、教科書的には「普仏戦争」が起こります。この戦争に新興国家のプロイセンが勝利し、日本のように諸侯がばらばらに支配していたドイツ地域を、プロイセンを中心に全部まとめて、一八七一年にドイツ帝国が建国されました。そのドイツ皇帝の戴冠式《たいかんしき》を、フランスのベルサイユ宮殿でやるという、フランス人がもっとも名誉を汚された事件も岩倉使節団の渡欧中に起きていました。

勝利したプロイセンの宰相《さいしょう》ビスマルクにちなんで、ビスマルク髭（カイゼル髭）という、もみあげにつなげるような髭がはやりました。一方ナポレオン髭というのは、口ひげを左右に長くのばした、今見ると笑ってしまうような八字髭ですが、この負けたナポレオン三世の「拿破崙髭《ナポレオンひげ》」と「狆《ちん》の口めいた比斯馬克髭《ビスマルクひげ》」をまねた役人の姿が、『浮雲』の冒頭で描かれているわけです。日本人は、ヨーロッパ人に比べると、体質の違いでなかなか髭が生えません。髭が生える人と生えない人がいますから、ビスマルクのように顔中を覆《おお》う髭は少なくて、犬の狆《ちん》の口のような髭を、一所懸命生やしている人もいたわけです。

そもそも明治政府の官僚制度は、欧米列強と結んだ不平等条約の改正こそが新政府のいちばん重要な公約なのにそれがなかなか果たせず、条約改正をするためには憲法を持った立派な国家にしなければならないがその憲法もまだできていない、という状況下で作られていました。そうした官僚制度の中で、『浮雲』冒頭の、役所から帰宅する官僚たちには序列がつけられていました。立派な髭から惨めな髭まで、白木屋仕込みのフロックコートを着ている人から、腰弁当の和服まで、上から下までの、服装による階層的な序列があったのです。小説『浮雲』には、江戸時代から明治にかけての、都の様子を田舎《いなか》の人たちに知ってもらうために、風俗誌的な書き方で、そうした明治社会を象徴する一つひとつのディテールを落語的口調で語っていきます。

明治二〇（一八八七）年の、憲法をまだ持たないまま、「大日本帝国」になろうとしているこの国はいったいどのような政治体制なのか、それを担っている官僚としての二人の青年をめぐる物語は、これからどのように展開するのか、読み進んで行きます。（P12・8〜）

途上人影《ひとけ》の稀《ま》れになった頃　同じ見附の内より両人《ふたり》の少年《わかもの》が話しながら出て参った　一人は年齢《ねんぱい》二十二、三の男　顔色《がんしょく》は蒼《あお》味《み》七《しち》分《ぶ》に土気《つちけ》三分どうもよろしくないが　秀《ひい》でた眉に儼然《きっ》とした眼付でズーと押徹《おしとお》った鼻筋　ただ惜《おし》いかな口元が些《ち》と尋常でないばかり、しかし締《しまり》はよさそうゆえ　絵草紙屋の前に立ってもパックリ開《あ》くなどという気遣いはあるまいが　とにかく顋《あご》が尖《とが》って頬骨が露《あらわ》れ非道《ひど》く癯《やつ》れている故《せえ》か　顔の造作がとげとげしていて愛嬌気《あいきょうげ》といったら微塵《みじん》もなし　醜くはないが何処《どこ》ともなくケンがある　背《せい》はスラリとしているばかりでさのみ高いというほどでもないが　痩肉《やせじし》ゆえ半鐘なんとやらという人聞《ひとぎき》の悪い　渾名《あだな》に縁がありそうで、年数物ながら摺畳皺《たたみじわ》の存じた霜降「スコッチ」の服を身に纏《まと》ッて　組紐《くみひも》を盤帯《はちまき》にした帽檐《つば》広《びろ》な黒羅紗《くろラシャ》の帽子を戴いてい、今一人は前の男より二ツ三ツ兄らしく中肉中背で色白の丸顔　口元の尋常な所から眼付《めつき》のパッチリとした所はなかなかの好男子ながら　顔立がひねてこせこせしているので何《なに》となく品格のない男　黒羅紗の半「フロックコート」に同じ色の「チョッキ」洋袴《ズボン》は何か乙な縞羅紗《しまラシャ》でリュウとした衣裳附《いしょうづけ》　縁《ふち》の巻上ッた釜底形《かまぞこがた》の黒の帽子を眉深《まぶか》に冠《かぶ》り左の手を隠袋《かくし》へ差入れ右の手で細々《ほそぼそ》とした杖を玩物《おもちゃ》にしながら高い男に向い

「しかしネー　もし果して課長が我輩を信用しているならけだしやむをえざるに出《い》でたんだ何故《なぜ》と言ッて見給え　局員四十有余名と言ゃア大層のようだけれども　皆《みんな》腰の曲ッた老爺《じいさん》に非ざれば気の利かない奴ばかりだろう　その内でこう言ゃア可笑《おか》しいようだけれども　若手でサ原書も些《ちっ》たア噛《かじ》っていてサ　而《そう》して事務を取らせて捗《はか》の往《い》く者と言ったらマア我輩二、三人だ、だからもし果して信用しているのならやむをえないのサ

「けれども山口を見給え　事務を取らせたら彼《あ》の男ほど捗の往く者はあるまいけれども　やっぱり免《めん》を喰ったじゃアないか

「彼奴《あいつ》はいかん、彼奴は馬鹿だからいかん

「何故《なぜ》

「何故と言って彼奴は馬鹿だ　課長に向って此間《こないだ》のような事を言う所を見りゃアいよいよ馬鹿だ

「あれは全体課長が悪いサ　自分が不条理な事を言付けながら　何《な》にもあんな頭ごなしにいうこともない

「それは課長の方があるいは不条理かも知れぬが　しかしいやしくも長官たる者に向って抵抗を試みるなぞというなア馬鹿の骨頂だ　まず考えて見給え　山口は何《な》んだ属吏じゃアないか　属吏ならば仮令《たと》い課長の言付《いいつけ》を条理と思ったにしろ思わぬにしろ　ハイハイ言ってその通り処弁《しょべん》して往《い》きゃア職分は尽きてるじゃアないか　しかるに彼奴《あいつ》のように　いやしくも課長たる者に向ってあんな差図《さしず》がましい事を……

今の日本の官僚世界でも、ほとんど状況は変わっていないような気がしますが、ここでは二人の青年の異なった立場が描かれています。

一人目は、もう少しあとでわかりますが、免職《めんしょく》になった主人公の内海文三です。「内の海」に文弱の「文」で数字の「三」ですから、名前からして内向きで暗そうな感じです。当時は政治小説その他の戯作の伝統を受け継いで、名前そのものがその人の性格を表すという非常にわかり易い設定になっていました。首にならずにカッコをつけているほうは本田昇ですから、明らかに保守本流の上昇志向の人物です。二人とも戯作的な登場人物名ではありますが、この時、役所で人員整理、すなわち今でいうリストラが行われた、ということがわかります。

つまり、『浮雲』が発表された一八八七年（明治二〇）年当時、どういう形で失職が発生していたのかという状況をこの小説の人物設定は表しています。それまで日本古代からの律令政治のやり方を引き継いだ、太政官《だじょうかん》制度で動いていた明治政府が、明治憲法が間もなく決まるということになって、制度を内閣制に変えなければならなくなります。そうすると、さまざまな省庁の整理をしなければなりません。その時に、上司の言うことを聞いてきた者、今で言う忖度《そんたく》に長《た》けていた者は生き残れるけれども、上司に正面から意見を言うような者は免職になっていくということになります。いろいろな役所の中で、どうやったら生き残っていけるのかという問題が起きていたわけです。これだけの失職が起きていたのは、明治新政府の大きな制度が、大日本帝国憲法が制定されることに伴って、一連の再編を余儀なくされるという背景の中でのことだったわけです。

明治という時代の悲劇はそれだけではありませんでした。失職が決まった内海文三の出自については、次のように書かれています。第二回の冒頭のところです。（P20・1〜）

第二回　風変りな恋の初峯入《はつみねいり》　上

高い男と仮に名乗らせた男は　本名を内海文三《うつみぶんぞう》と言ッて静岡県の者で　父親は旧幕府に仕えて俸禄を食《はん》だ者であッたが　幕府倒れて王政古《いにしえ》に復《かえ》り　時津風《ときつかぜ》に靡《なび》かぬ民草《たみぐさ》もない明治の御世《みよ》になッてからは　旧里静岡に蟄居《ちっきょ》して暫《しば》らくは偸食《とうしょく》の民となり　為すこともなく昨日《きのう》と送り今日と暮らす内　坐して食《くら》えば山も空《むな》しの諺に漏れず　次第次第に貯蓄《たくわえ》の手薄になるところから足掻《あが》き出したが　さて木から落ちた猿猴《さる》の身というものは意久地《いくじ》のない者で　腕は真陰流《しんかげりゅう》に固《かたま》ッていても鋤鍬《すきくわ》は使えず　口はさよう然《しか》らばと重くなッていて見れば急にはヘイの音《ね》も出されず　といって天秤《てんびん》を肩へ当るも家名の汚《けが》れ　外聞が見ッとも宜《よ》くないというので

足を擂木《すりこぎ》に駈廻《かけまわ》ッて辛《から》くして静岡藩の史生《しせい》に住込み　ヤレ嬉しやと言ッた所が腰弁当の境界　なかなか浮《うか》み上るほどには参らぬが　デモ感心には多《おおく》もない資本を吝《おし》まずして一子《いっし》文三に学問を仕込む、まず朝勃然起《むっくりおき》る、弁当を背負《しょ》わせて学校へ出《だし》て遣《や》る、帰ッて来る、直《ただ》ちに傍近《ぼうきん》の私塾へ通わせると言うのだから、あけしい間《ま》がない、とても余所《よそ》ほかの小供では続かないが　其処《そこ》は文三　性質が内端《うちば》だけに学問には向くと見えて余りしぶりもせずして出て参る　尤《もっと》も途《みち》に蜻蛉《とんぼ》を追う友を見てフト気まぐれて遊び暮らし　悄然《しょんぼり》として裏口から立戻《たちもど》ッて来る事もないではないが　それは邂逅《たまさか》の事で、ママ大方は勉強する、その内《うち》に学問の味も出て来る、サア面白くなるから　昨日までは督責《とくせき》されなければ取出さなかッた書物をも今日は我《われ》から繙《ひもと》くようになり　随《したが》ッて学業も進歩するので人も賞讃《ほめそや》せば両親も喜ばしく　子の生長《そだち》にその身の老《おゆ》るを忘れて春を送り秋を迎える内　文三の十四という春　待《まち》に待《まっ》た卒業も首尾よく済《すん》だのでヤレ嬉しやという間もなく　父親はふと感染した風邪《ふうじゃ》から余病を引出し　年比《としごろ》の心労も手伝てドット床に就く　薬餌《やくじ》呪《まじない》加持《かじ》祈祷《きとう》と人の善《よ》いと言うほどの事をし尽《つく》して見たが、さて験《げん》も見えず次第次第に頼み少なになって　遂に文三の事を言《い》い死《じに》に果敢《はか》なくなってしまう

内海文三は、典型的な明治の負け組の一家の出身だったことがわかります。

旧幕府に仕えていた静岡県の者だということは、最後の将軍が江戸を引き払ったときに落ちのびた徳川家の本拠地の静岡駿府《すんぷ》だったということです。まさに、旧幕臣のいちばん将軍に近いところ

の家系だったということがうかがえます。そして文三の父は、廃藩置県によって武士としての身分を失い、完全にリストラされて、ぎりぎり静岡藩の――静岡藩はこのあと静岡県になりますが――役人になります。それで、すべての期待を息子文三にかけて教育を受けさせたのです。その文三がようやく学校を卒業できることがはっきりした時に、「ふと感染した風邪《ふうじゃ》から余病を引き出し」とありますから、風邪に感染したすなわちインフルエンザにかかってしまったわけです。日本が海外と交流をすることになったために、外国から様々なウイルスが入ってくる。そういう状況の犠牲者に文三の父はなって、結果として息子の出世を見ることなくこの世を去ってしまいます。

ですから、幕府が崩れることによって、その特権階級であった武士が大規模にリストラされます。彼らは「武士の商法」などと言われたように、いろいろやってみてもなかなかうまくいかず、なんとかして役人として藩に面倒を見てもらえた人は、ぎりぎり子どもの教育に将来を賭《か》けることになるわけです。ここから明治の立身出世主義からいったん落ちこぼれた者は、その恨《うら》みを子どもがもう一度背負って何とか盛り返そうとやってきたのに、新たな体制の変化によって文三も職を失ってしまうことになったのです。当然、ずっと住んでいた叔父孫兵衛の家との付き合いも厳しくなる、というところから、この『浮雲』という失職小説が始まっていくわけです。

それは、明治という時代が江戸から大きく転換した、その時代を象徴する階級変動をめぐる出来事が失職だったからです。

第Ⅲ章　三角関係恋愛小説としての『浮雲』

前の章では、明治という大きな時代状況の中で、二葉亭四迷の『浮雲』をどのように位置づけるのかということを中心にお話ししましたが、この章では小説の中身に即して話を進めていきます。

主人公の内海文三は、明治時代の典型的な負け組です。静岡藩の旧幕臣であった父親の力で、せっかく立身出世を目指す学力を身につけるために明治の新しい学校制度の中で学び、なんとか役所に入りながら、そこでリストラに遭《あ》ってしまうというのが、この『浮雲』という小説の始まりでした。それに対し、本田昇という、名前からして課長におべっかを使って立身出世コースをうまく進んで行く人物が対比されていきます。

そして、内海文三が生活をしている下宿先は、父親の弟の叔父孫兵衛の家なのですが、ここがまた当時の時代状況を喚起《かんき》させます。武士の場合には長子が家を相続するということになっていましたから、静岡藩士であった文三の父親が家を相続していたはずです。それをまた相続するのは文三のはずですから、家の相続から外れた、文三の父の弟である叔父が東京に出て、内海家の家督《かとく》相続者である文三はその家を出た叔父の世話になっていた、という設定です。

「浮雲　第一篇」の第二回では、叔父についてこのように説明されます。（P22・10〜）

叔父は園田孫兵衛《そのだまごべえ》と言いて文三の亡父のためには実弟《じってい》に当る男　慈悲深く憐《あわれ》ッぽくしかも律《りち》義真当《ぎまっとう》の気質《きしつ》ゆえ人の望《う》けも宜《よ》いが　惜哉些《おしいかなち》と気が弱すぎる　維新後は両刀を矢立《やたて》に替えて朝《あさ》夕算盤《ゆうそろばん》を弾《はじ》いては見たが　慣れぬ事とて初《はじめ》の内は損毛《そんもう》ばかり　今日に明日《あす》にと喰込《くいこん》で果《はて》は借金の淵に陥《は》まり　如何《どう》しようこうしようと足掻《あが》き踠《もが》いている内　ふとした事から浮《うか》み上《あがっ》て　当今では些《ち》とは資本も出来地面をも買い小金をも貸付けて　家を東京《とうけい》に持ちながらその身は浜のさる茶店《さてん》の支配人をしている事なれば　さのみ富貴《ふっき》と言うでもないがまず融通《ゆとり》のある活計《くらし》　留守を守る女房のお政《まさ》はお摩《さす》りからずるずるの後配《のちぞい》　歴《れっき》とした士族の娘と自分ではいうが……チト考え物、しかしとにかく如才のない世辞のよい　地代から貸金の催促まで家事一切独《ひとり》で切って廻るほどあって　万事に抜目のない婦人　疵瑕《きず》と言ッてはただ大酒飲みで浮気で　しかも針を持つ事がキツイ嫌いというばかり、さしたる事もないが人事《ひとごと》はよく言いたがらぬが世の習い　「彼婦人《あのおんな》は裾張蛇《すそっぱりじゃ》の変生《へんしょう》だろう」ト近辺の者は影人形を使うとか言う、夫婦の間に二人の子がある　姉をお勢《せい》と言ッてその頃はまだ十二の蕾《つぼみ》　弟《おとと》を勇《いさみ》と言ッてこれもまた袖で鼻汁《はな》拭《ふ》く湾泊盛《わんぱくざか》り（これは当今は某校に入舎していて宅《たく》には居《お》らぬので）トいう家内《かない》ゆえ叔母一人の機《き》に入ればイザコザはないが　さて文三には人の機嫌気褄《きづま》を取るなどという事は出来ぬ　ただ心ばかりは主《しゅう》とも親とも思ッて善《よ》く事《つか》えるが　気が利かぬと言ッては睨付《ねめつ》けられる事も何時《いっ》も何時

も　その度ごとに親の難有《ありがた》サが身《み》に染《し》み骨に耐《こた》えて袖に露を置くことはありながら　常に自《みず》ら叱ッてジット辛抱　使歩行《つかいある》きをする暇《いとま》には近辺の私塾へ通学して　暫らく悲しい月日を送ッている、ト或る時某学校で生徒の召募があると塾での評判取りどり　聞けば給費だという　何も試しだと文三が試験を受けて見た所幸いにして及第する入舎する、ソレ給費が貰える、昨日《きのう》までは叔父の家とは言いながら　食客《いそうろう》の悲しさには追使《おいつか》われたうえ気兼《きがね》苦労のみをしていたのが今日は外《ほか》に掣肘《ひかれ》る所もなく心一杯に勉強の出来る身の上となったから、ヤ喜んだの喜ばないのと　それはそれは雀躍《こおどり》までして喜んだが　しかし書生と言ッてもこれもまた一苦界《ひとくがい》　固《もと》より余《よ》所《そ》ほかのおぼッちゃま方とは違い親から仕送りなどという洒落はないから　無駄遣《むだづか》いとては一銭もならずまたしようとも思わずして　ただ一心に便《たより》のない一人の母親の心を安めねばならぬ

お気づきのように、ここは全て文章が切れずに続いていています。第Ⅰ章でお話しした通り、講談や落語といった話し言葉の芸能のジャンルと深く結びついて出発した言文一致体ですから、近代の散文のように主語述語を関連付けた一文ごとに句点（。）で区切るということはなく、話の進行とともにどんどん文章は続いていきます。ですから「浮雲　第一篇」の文章というのは、その影響を受けた落語の記憶を強く引きずりながら、まだ十分に近代小説としての言文一致体を確立する段階には至っていません。

ここでは、父親が死んだあとの文三の生い立ちが紹介されています。下宿先の叔父は、静岡から

東京に出てきて商売を始め、なんとか成功し、「浜のさる茶店《さてん》の支配人」をしています。これはいわゆる喫茶店で、おそらく外国人相手のコーヒーハウスを経営するという新しい商売なわけです。それで東京の家は自分の妻お政に任せており、お勢と勇という二人の子どもがいます。そこへ文三が世話になって、給費の学生となって立身出世コースを必死でのぼろうとしています。そして官吏《かんり》として就職したのに、この日失職をしてしまった、という設定になっています。

文三の気持ちに寄り添っていくのは、叔父の娘で、従妹にあたるお勢です。当時は従妹同士の結婚はよくありましたから、文三にとってお勢は恋愛の対象にもなるわけです。

お勢は、当時の女性としては珍しく、きちんとした新教育を、自分から親に要求して受けています。お勢についてはこのように書かれています。（P26・12〜）

紐解《ひもとき》の賀の済《すん》だ頃より父親の望みで小学校へ通い　母親の好みで清元《きよもと》の稽古　生得《うまれえ》て才溌《さいはじけ》の一徳には生覚《なまおぼ》えながら飲込みも早く　学問遊芸両《ふたつ》ながら出来のよいように思われるから母親は眼も口も一ツにして大驩《おおよろこ》び　尋ねぬ人にまで風聴《ふいちょう》する娘自慢の手前味噌《みそ》　切《しき》りに涎《よだれ》を垂らしていた　その頃新《あらた》に隣家へ引移ッて参ッた官員は　家内四人活計《ぐらし》で細君もあれば娘もある　隣ずからの寒暄《かんけん》の挨拶《あいさつ》が喰付《くいつ》きで親々が心安くなるにつれ娘同志も親しくなり毎日のように訪《とい》つ訪《とわ》れつした、隣家の娘というはお勢よりは二ツ三ツ年層《としかさ》で　優しく温藉《しとやか》で父親が儒者のなれの果《はて》だけあッて　小供ながらも学問が好《すき》こそ物の上手で出来る、いけ年《とし》を仕《つかまつッ》てもとかく人真似《まね》は輟《や》め

られぬもの　ましてや小供という中《うち》にもお勢は根生《ねおい》の軽躁者《おいそれもの》なれば尚更《なおさら》　候忽《たちまち》その娘に薫陶《かぶ》れて起居《たちい》挙動《ふるまい》から物の言いざままでそれに似せ　急に三味線を擲却《ほうりだ》して唐机《とうづくえ》の上に孔雀《くじゃく》の羽を押《おし》立《たて》る　お政は学問などという正坐《かしこま》ッた事は虫が好かぬが　愛《いと》し娘のしたいと思ッてする事とそのままに打《うち》棄《す》てておく内《うち》、お勢が小学校を卒業した頃隣家の娘は芝辺《しばへん》のさる私塾へ入塾することになッた、サアそう成るとお勢は矢も楯も堪《たま》らず急に入塾がしたくなる　何《なん》でも彼《か》でもと親を責《せ》がむ　寝言にまで言ッて責がむ、トいって　まだ年端《としは》も往《ゆ》かぬに殊《こと》にはなまよみの甲斐なき婦人《おんな》の身でいながら入塾などとは以《もって》の外《ほか》、トサ一旦は親の威光で叱り付けては見たが　例の絶食に腹を空《すか》せ「入塾が出来ない位なら生《いき》て居る甲斐がない」ト溜息噛雑《かみま》ぜの愁訴　萎《しお》れ返ッて見せるに両親も我《が》を折り　それほどまでに思うならばと万事を隣家の娘に托して　覚束なくも入塾させたは今より二年前《ぜん》の事で

お政は、明治の新しい学歴社会にあって、とりあえずお勢に初等教育だけは受けさせました。ところが隣に引っ越してきたのが「官員」、すなわち明治新政府の役人の一家でした。その父親はもともと、「儒者」の真似事《まねごと》をしていた「なれの果て」とありますから、とりあえず士族としての学問があり、その学問を買われて役人になっています。その役人の娘は、より高学歴を目指して私塾に入学します。それでお勢も、「自分も私塾に行きたい」と言い出します。「入塾ができないぐらいなら生きている甲斐がない」と言ってハンガーストライキをやり、それを実現させました。

この小説の地の文の語り手は、これは「人真似《まね》」だと茶化して言っていますが、当時の女性としてお勢は「新しい時代の女性」だと言って良いでしょう。女性として中等・高等教育を受けたいという希望を持ち、自らハンガーストライキまでして親に認めさせるというお勢の設定は、やはりこの時代状況の特徴を示しています。前章でもふれましたように、自由民権運動の中では、女性の政治参加を求める女子参政権運動もあったわけですから、大日本帝国憲法が施行される以前には、女性が学問を修めたいという権利を求めることも重視されていたわけです。

そういう新しい女性のイメージに憧れていたのがお勢です。名前が「勢い」という字を書きますから、その時代の「時勢」、歴史的な「文明開化」の流れを象徴する名前として付けられていたことがわかります。

そして、私塾に通っていたお勢が、家に帰ってきて、それなりに役人として立身出世コースを歩み始めた文三と微妙な男女関係の中に入る、というあたりが、第三回の「よほど風変《ふうがわり》な恋の初峯入《はつみねいり》下」の中で描かれていきます。

これは、何のことはない、文三がお勢に自分の気持ちを打ち明けようと思って、月を見ながら何とか告白をしようとするけれども、お勢にはぐらかされてしまうという、恋愛の場面としては非常に淡《あわ》いものです。

そうしたことがあって、文三としてはなんとか役人として立身出世コースを歩みながら、お勢と結婚したいという思いを持っていたわけです。にもかかわらず、文三は免職となり、その友人だった本田昇は逆に給料が上がるという、文三にとって極めてつらい状況がこの「第一篇」で描かれています。

文三は自分が免職になったことを、世話になってきた叔母《おば》のお政になかなか言い出せないわけですが、ようやく自分の免職について告白すると、お政は怒り始めます。それが次のような場面になっていきます。

第五回の「胸算違《むなさんちが》いから見一《けんいち》無法は難題」という場面で、文三の胸算用は違ってしまったということが明らかになります。自分が免職になったという告白をした文三に対して、お政は癇癪《かんしゃく》を爆発させるのです。（P70・4～）

「イエサ何とお言いだ　出来た事なら仕様がありませんと……誰れが出来《でか》した事《こつ》たエ誰れが御免《ごめん》になるように仕向けたんだェ　皆《みんな》自分の頑固《かたいじ》から起ッた事《こつ》じゃアないか　それも傍《はた》で気を附《っ》けぬ事か　さんざッぱら人《しと》に世話を焼かしておいて　今更御免になりながら面目ないとも思わないで　出来た事なら仕様がありませんとは何の事《こつ》たェ　それはお前さんあんまりというもんだ　余《あん》り人《しと》を踏付けにすると言う者《もん》だ　全躰《ぜんたい》マア人《しと》を何だと思ッてお出《い》でだ　そりゃアお前さんの事《こつ》たから鬼老婆《おにばばあ》とか糞老婆《くそばばあ》とか言ッて他人にしてお出でかも知れないが　私《わたし》ア何処《どこ》までも叔母のつもりだヨ　ナアニこれが他人で見るがいい　お前さんが御免になッたッてならなくッたッて　此方《こっち》にゃア痛くも痒《かい》くも何ともない事《こつ》たから何で世話を焼くもんですか。けれども

血は繋《つなが》らずとも　縁《えん》あッて叔母となり甥《おい》となりして見ればそうしたもんじゃアありません　ましてお前さんは十四の春ポッと出の山出しの時から　長《なが》の年月《としつき》この私《わたし》が婦人《おんな》の手一ツで頭から足の爪頭《つまさき》までの事を世話アしたから　私はお前さんを御迷惑かは知らないが血を分けた子息《むすこ》同様に思ッてます　ああやッてお勢や勇《いさみ》という子供があッても　些《すこ》しも陰陽《かげしなた》なくしている事がお前さんにゃア解《わか》らないかエ　今までだッてもそうだ　何卒《どうぞ》マア文さんも首尾よく立身して　早く母親《おっか》さんを此地《こっち》へお呼び申すようにして上げたいもんだと思わない事は唯の一日もありません　そんなに思ッてる所《とこ》だものヲ　お前さんが御免《ごめん》におなりだと聞いちゃア私《あたし》は愉快《いいこころもち》はしないよ　愉快はしないからアア困ッた事になッたと思ッて　ヤレこれからはどうして往《い》くつもりだ、ヤレお前さんの身になったらさぞ母親《おっか》さんに面目があるまいと　人事《しとごと》にしないで歎いたり悔《くやん》だりして心配してる所《とこ》だから　全躰《ぜんたい》なら「叔母さんの了簡《りょうけん》に就《つ》かなくッてこう御免《ごめん》になって実《まこと》に面目が有りませんとか何《なん》とか　詫言《わびこと》の一言でも言うはずの所《とこ》だけれど　それも言わないでもよし聞《きき》たくもないが　人《しと》の言事《いうこと》を取上げなくッて御免《ごめん》になりながら　糞落着《くそおちつき》に落着払ッて出来た事なら仕様《しよう》がありませんとは何《なん》の事《こっ》たエ。マ何処《どこ》を押せば其《そん》様な音《ね》が出ます……アアアつまらない心配をした　此方《こっち》ではどこまでも実の甥と思ッて心を附けたり世話を焼《やい》たりして信《しん》切《せっ》を尽《つく》していても　先様《さきさま》じゃア屁《へ》とも思召《おぼしめ》さない

このように怒るお政に対して、文三は「イヤ決してそう言う訳じゃア有りませんが　御存知の通

り口不調法《くちぶちょうほう》なので、心には存じながらツイ……」などと言い訳をしますが、決定的に叔父の家での居場所がなくなってしまいます。そうすると自分の娘お勢の結婚相手として文三を考えていたお政も、それを抜本的に考え直さなければならないことになります。文三も、内々はそのことを意識しているわけです。そこに、かつて同僚だった本田昇が乗り込んできます。昇は文三と違って、課長におべっかを使っていましたから、しっかりと昇給を獲得しており、文三のいない座敷で、そのことをお政に自慢げに報告します。（P94・6〜）

「喜び叙《ついで》にもう一ツ喜んで下さい　我輩《わがはい》今日一等進みました

「エ

トお政は此方《こなた》を振向き　吃驚《びっくり》した様子で暫《しば》らく昇の顔を目守《みつ》めて

「御結構《ごけっこう》があッたの……へエエ……それはマア何《なに》してもお芽出度《めでとう》御座いました

ト鄭重に一礼して　さて改めて頭《こうべ》を振揚げ

「へー御結構があッたの……

お勢もまた昇が「御結構があッた」と聞くと等しく吃驚《びっくり》した顔色《かおつき》をして　些《すこ》し顔を赧《あか》らめた

咄々《とつとつ》怪事もあるもので

「一等お上《あがん》なすッたと言うと　月給は

「僅《たった》五円違いサ

「オヤ五円違いだッて結構ですワ。こうッ今までが三十円だッたから五円殖えて……
「何《なん》ですネー母親《おっか》さん、他人の収入を……
「マアサ五円殖えて三十五円、結構ですワ結構でなくッてサ。貴君《あなた》如何《どう》して今時高利貸《こうりか》したッて月三十五円取ろうと言うなア容易な事《こつ》ちゃアありませんヨ……三十五円……どうしても働らき者《もん》は違ッたもんだネー　だからこの娘《こ》とも常不断《じょうふだん》そう言ッてます事サ、アノー本田さんは何《なん》だと　内の文三や何《なん》かとは違ッてまだ若くッてお出《い》でなさるけれども　利口で気働らきがあッて如才がなくッて……

こうして、本田昇は月給が一等上がって五円増えました。明治一八年から二〇年の当時、一円は大体今の一万五千円位ですから、かなりの昇給だったということです。当初文三が、お勢の結婚相手として予定されていましたが、そこに昇が割り込んでくるという、よくありがちな典型的な三角関係小説に『浮雲』はなっていきます。

そのことが文三にも意識されてくることになるのが、このあとの「浮雲　第二篇」です。『浮雲第二篇』は翌年の一八八八（明治二一）年、これも分冊形式での単行本として出版されます。

「第二篇」は、第七回「団子坂《だんござか》の観菊《きくみ》」で始まります。

この「団子坂の観菊」は、江戸時代から菊人形が団子坂に飾られることになって、明治においても継続されることになる年中行事でした。明治になってからかなり盛んになり、夏目漱石の『三四郎』の中でも、登場人物たちが連れ立って団子坂の菊見に行くという場面が出てきます。

この第二篇がまた微妙な設定になっているわけです。第七回「団子坂《だんござか》の観菊《きくみ》」の冒頭は、次のように始まります。（P99・5〜）

> 日曜日は近頃にない天下晴《てんかば》れ　風も穏かで塵《ちり》も起《た》たず　暦を繰《くっ》て見れば旧暦で菊月初旬《きくづきはじめ》という十一月二日の事ゆえ　物観遊山《ものみゆさん》には持《もっ》て来いという日和《ひより》
>
> 園田一家《そのだいっけ》の者は朝から観菊行《きくみゆき》の支度とりどり　晴衣《はれぎ》の亘長《ゆきたけ》を気にしてのお勢《せい》のじれこみがお政《まさ》の肝癪《かんしゃく》となって　廻りの髪結《かみゆい》の来ようの遅いのがお鍋《なべ》の落度となり　究竟《はて》は万古の茶瓶《きゅうす》が生れも付かぬ欠口《いぐち》になるやら架棚《たな》の擂鉢《すりばち》が独手《ひとりで》に駈出すやら　ヤッサモッサ捏返《こねかえ》している所へ生《あや》憎《にく》な来客　しかも名打《なうて》の長尻《ながっちり》で　アノ只今《ただいま》から団子坂へ参ろうと存じてという言葉にまで力瘤《ちからこぶ》を入れて見てもまや薬《ぐすり》ほども利かず　平気で済まして便々《べんべん》とお神輿《みこし》を据えていられる、そのじれッたさ、もどかしさ、それでも宜《よ》くしたもので案じるより産むが易く　客もその内に帰れば髪結も来る、ソコデ、ソレ支度も調《ととの》い十一時頃には家内も漸く静まッて折節《おりふし》には高笑《たかわらい》がするようになッた。
>
> 文三《ぶんぞう》は拓落失路《たくらくしつろ》の人、なかなか以て観菊《きくみ》などという空《そら》はない、

お政とお勢の二人はわざわざ髪結いを呼び、おめかしをして菊見に出かけます。失業してお政といざこざを起こしてしまった文三は、一人寂しく家に残ります。このように、明らかに家の外と内とに登場人物たちが分割されるのが一一月二日の観菊なのです。

現在一一月三日は文化の日となっていますが、明治時代は「天長節《てんちょうせつ》」と言われて、明治天皇の誕生日でした。多くの『浮雲』の読者はそのことを当然わかっていますが、その前日の一一月二日に観菊に出かけたわけです。明治という時代は、明治天皇を中心とした中央集権的体制がつくられ、それによって新しい祝祭日が国家によって割り振られていきます。ちなみに夏目漱石の『吾輩は猫である』で、中学校の英語教師をしている苦沙弥《くしゃみ》先生はこの一一月三日が明治天皇の誕生日で、しかも「天長節」という休日であることを忘れて、自分の家に入った泥棒が捕まったというので、警察署に行くに当たって、わざわざ学校に休暇届を出そうとし、妻もそれをそのまま言いつかって出してしまいます。それで子どもたちから「今日はお休みよ」と知らされて、「ああそうだったのね」ということになるのです。

ここにも明治という新しい時代が、どういう時代だったのかがはっきり示されています。国家を天皇を中心とした体制に組み込み、その明治天皇が国家のすべての大権を握るという形で、大日本帝国憲法が準備されますが、「第二篇」は憲法制定直前の一八八八年の話なのです。そういう中で、国家権力の役所の課長を慮《おもんぱか》るというのは、天皇の官吏としてそのまま天皇につながるわけですから、ここにも明治という時代に対する『浮雲』という小説の批評性がはっきりと見えてきます。

さて団子坂の観菊に行ったお政とお勢は、本田昇が役所の課長に挨拶していることに気付きます。『浮雲』の冒頭に髭《ひげ》尽くしや身なりから序列を想像させる場面がありましたが、この団子坂の観菊でも、どういう人たちが集まってくるのかというところに、明治という時代を象徴する戯作的な叙述が出てきます。（P104・6〜）

　午後はチト風が出たがますます上天気、殊《こと》には日曜と云うので団子坂近傍は花観る人が道去り敢えぬばかり　イヤ出たぞ出たぞ　束髪も出た島田も出た　銀杏返《いちょうがえ》しも出た丸髷《まるまげ》も出た蝶々髷《ちょうちょうまげ》も出たおケシも出た、○○会《なになにかい》幹事実《じつ》は古猫《ふるねこ》の怪《かい》という鍋島騒動《なべしまそうどう》を生《しょう》で見るような「マダム」某《なにがし》も出た　芥子《けし》の実ほどの眇少《かわいら》しい智慧を両足に打込んで飛《と》んだり跳《はね》たりを夢にまで見る「ミス」某《なにがし》も出た　お乳母も出たお爨婢《さんどん》も出た、ぞろりとした半元服《はんげんぷく》、一夫数妻《いっぷすさい》論の未《ま》だ行われる証据《しょうこ》に上《あが》りそうな婦人も出た、イヤ出たぞ出たぞ、坊主も出た散髪も出た五分刈も出た、チョン髷も出た　天帝の愛子《あいし》、運命の寵臣、人の中《うち》の人、男の中《なか》の男と世の人の尊重の的、健羨《けんせん》の府となる昔いわゆるお役人様、今のいわゆる官員さま　後《のち》の世になれば社会の公僕とか何《なん》とか名告《なの》るべき方々も出た　商賈《しょうこ》も出た負販《ふはん》の徒《と》も出た　人の横面《そっぽう》を打曲《はりま》げるが主義で　身を忘れ家を忘れて拘留の辱《はずかしめ》に逢いそうな毛臑暴出《けずねさらけだ》しの政治家も出た　猫も出た杓子も出た　人様々の顔の相好《すまい》おもいおもいの結髪風姿《かみかたち》、聞覩《ぶんと》に聚《あつ》まる衣香襟影《いこうきんえい》は紛然雑然として千態万状《せんたいばんじょう》　ナッカなか以て一々枚挙するに遑《いとま》あらずで、それにこの辺《へん》は道幅が狭隘《せばい》のでなお一段と雑沓する、このように、「第二篇」は「第一篇」の戯作《げさく》調をそのまま引きずって、団子坂の菊見の人混みぶりを茶化して描き出しています。ここにも、同時代の政治状況に対する鋭い批評性が出ています。例えば、女性の髪形《かみがた》がさまざまに諷刺《ふうしてき》的に描かれていますが、その描写の仕方の中にも、時代を批判する言葉が見え隠れしています。

この時代は、憲法を制定し条約改正をするためには、欧米列強の了承を得なければならないということで、伊藤博文を中心にさまざまな接待を行いました。これが「鹿鳴館《ろくめいかん》時代」と言われ、日本の良家の女性たちに、慣れないヨーロッパ風の格好をさせて舞踏会《ぶとうかい》に送り込み、伊藤博文自身もそうした女性とさまざまなスキャンダルを巻き起こしていました。そうした中でしたから、「○○《なになに》会《かい》幹事実《じつ》は古猫《ふるねこ》の怪《かい》という鍋島騒動《なべしまそうどう》を生《しょう》で見るような「マダム」某《なにがし》も出た」とか「芥子《けし》の実ほどの眇《かわいら》少しい智慧を両足に打込んで飛《とん》だり跳《はね》たりを夢にまで見る「ミス」某《なにがし》も出た」といった女性たちが、立身出世を夢見ながら目立つ格好をして外に現れていたことが叙述されているわけです。

それに対して男性たちは、武士の特権性の名残を残そうとして、「ちょんまげ」を結っている時代遅れの人もいれば、「散髪も出た、五分刈も出た」という当世風の人たちも描かれています。明治という立身出世を競い合う時代に対する風刺が、この団子坂の観菊に集まってくる人々の姿の描き方にも表れているのです。

そこに現れた本田昇は、役所の課長が妻とその妹を連れて出てくるのに出くわし、丁重な挨拶《あいさつ》をしています。お政とお勢はそれを見かけ、お勢は本田昇のことを意識し始めます。本田昇をめぐってお勢が他の女性との競争関係に入るという、三角関係の物語として展開していくことになります。これは漱石の『心』の設定にもつながりますが、なぜ三角関係が近代小説の重要な設定になるのか、ここにこの時代の文化的な権力構造が現れているのではないかと私は思っています。

三角関係というのは、簡単に言うと、人間が自らの主体性を失ってしまう関係に入ってしまうということです。もちろん一人の女性を二人の男性が争うとか、一人の男性を二人の女性が争うという、恋愛感情を絡めることによって小説的な設定になるわけですが、もう少し原理的に言うと、一つの欲望の対象を二人の同じようなポジションにいる人が争い合うという関係にほかなりません。関係性だけに還元《かんげん》してしまうと、他人が欲しがっているものを自分も欲しがる、他者の欲望を人間が模倣《もほう》するという、近代資本主義的な欲望を掻《か》き立てる基本的な装置なのです。

これは、近代の資本主義を進めるためにはコマーシャルが不可欠だということにもつながります。コマーシャル＝宣伝というのは、「この新しい商品をあなた以外の人がみんな欲しがっていますよ」と大々的に煽《あお》り、「欲しがらない人はおかしいのだ」というところに追い込んでいくわけです。つまり、この他者の欲望を模倣する時代というのが近代資本主義の出発点であり、フランス革命以降の近代を規定している欲望の在り方だということができます。

封建制時代の王侯《おうこう》貴族は、自分の好みだけで好き嫌いを決めてよかったわけですし、それが許されていました。その好き嫌いを実現するために、好みに合った絵描きを連れてきて絵を描かせ、彫刻家を連れてきて彫刻をさせ、音楽家を連れてきて好みに合う音楽を演奏《えんそう》させていました。それが宮廷の文化だったわけです。

その王侯貴族の権力を革命によって奪いとって打ち立てたのが、フランス革命以降の近代社会です。自分の好みが何なのかよくわからないまま、金だけは持っているのがブルジョワジー、すなわち資本家です。いったい何が美しく、何がいい音楽なのか、それは王侯貴族が残したルーブル美術館やオペラ座に行って初めてわかるのです。ブルジョア文化は王侯貴族文化の模倣から出発したのです。だからこそ、他者の欲望を模倣する宣伝とコマーシャルの時代が登場します。その原理的な形が三角関係なのです。

そういう意味で言うと、この『浮雲』という小説は、実に正確にその基本原理をおさえていたと言えます。お勢をめぐる文三と昇の三角関係と、昇をめぐる課長の妹とお勢との三角関係、それが文三をどんどん追い詰めていくことになっていくわけです。

文三のほうは、免職になってしまいましたから、過去のつてをたどって職を探しに行きます。外国語の翻訳をしているかつての教師のところにも行ってみますが、なかなかうまくいきません。そういう中で、次第に本田のほうに靡《なび》いていくお勢のことが気になっていきます。何度もお政とお勢のところを訪れる本田昇に対する嫉妬《しっと》心が、次第に文三の中で渦巻いていくことになります。ここから『浮雲』という小説は、質的に大きく転換していくことになるのです。

第Ⅳ章　江戸戯作的小説から世界標準の近代小説への進化

文三が免職になる一方、お勢と昇は団子坂の菊見に行って以降、関係を深めていきます。文三はずっと下宿の二階の部屋に閉じこもったままで、一人で部屋の中であれこれと妄想《もうそう》をたくましくしていきます。二葉亭四迷が長谷川辰之助であった頃、東京外語学校で学んだ文献の中に、ドストエフスキーの複数の作品がありましたが、ドストエフスキーの『地下室の手記』も、社会から隔離された暗闇の部屋で綴《つづ》られるという設定で書かれています。つまり、近代の自意識の問題が、小説の中での文三の描写に、大きな変化を導き出してくることになるわけです。

叔母のお政やその娘お勢とひと悶着《もんちゃく》起こしたあと、一人で部屋に閉じこもった文三があれこれ考えるところを、地の文の書き手は次のように描いていきます。（P188・11〜）

免職が種《たね》の悶着はここに至ッて、沍《い》てて かじけて凝結し出した

文三は篤実温厚な男　仮令《よし》その人と為《な》りは如何《どう》あろうとも叔母は叔母　有恩《うおん》の人に相違ないから　尊尚親愛して水乳《すいにゅう》の如くシックリと和合したいとこそ願え　決して乖背《かいはい》し暌離《きり》したいと

は願わないようなものの　心は境《さかい》に随《したが》ッてその相《そう》を顕《げん》ずるとかで　叔母にこう仕向けられて見ると万更《まんざら》好い心地もしない　好い心地もしなければツイ不吉《ふきつ》な顔もしたくなる、が其処《そこ》は篤実温厚だけに何時《いつ》も思返《おもいかえ》してジッと辛抱している　けだし文三の身が極《き》まらなければお勢の身も極まらぬ道理　親の事ならそれも苦労になろう　人世《じんせい》の困難に遭遇《であっ》て独りで苦悩して独りで切抜けると云うは俊傑《すぐれもの》のする事、並《なみ》や通途《つうず》の者ならばそうはいかぬがち、自心に苦悩がある時は必ずその由来する所を自身に求めずして他人に求める　求めて得なければ天命に帰してしまい求めて得れば則ちその人を媢嫉《ぼうしつ》する　そうでもしなければ自《みずか》ら慰める事が出来ない　「叔母もそれでこう辛く当るのだな」トその心を汲分《くみわ》けて　如何《どん》な可笑《おか》しな処置振《しょちぶ》りをされても文三は眼を閉《ねむ》ッて黙ッている

「がもし叔母が慈母《おふくろ》のように我《おれ》の心を噛分《かみわ》けてくれたら　もし叔母が心を和《やわら》げて共に困厄《こんやく》に安んずる事が出来たら我《おれ》ほど世に幸福な者はあるまいに」ト思ッて文三屡々《しばしば》嘆息した　よって至誠は天をも感ずるとか云う古賢《こげん》の格言を力にして　折さえあれば力《つと》めて叔母の機嫌を取ッて見るが　お政は油紙に水を注《そそ》ぐように跳付《はねつ》けてのみいてさらに取合わず　そして独りでジレている。文三は針の筵《むしろ》に坐ッたような心地

お気づきだと思いますが、「第一篇」とは違って文章がきちんと終わるようになっています。地の文の語り手が、全てを説明している分には区切る必要はありませんでしたが、文三の心の中で何

が起こっているのか、文三の心の中で湧《わ》き起った声と、それについての語り手側の説明を区別しようとすれば、文章を分けなければなりません。作中人物の心の中の声に、地の文が寄り添わなければならない、同時にそこから離れて、読者に向かって今文三はこう考えているのですよ、という説明もしなければいけない、つまり作中人物がどこまで考えていてその説明がどこまでなのか、ここは文章をきちんと区切らなければ、読者は理解できなくなります。そこから、『浮雲』という小説の文章の在り方が、それまでの江戸戯作的なものから、次第に近代小説的な複数の文脈が交錯する方向へと変わっていくことになるわけです。

小説『浮雲』の著者二葉亭四迷が、どこまで意識していたかどうかは別にして、書いていく言葉の流れとしては、地の文の語り手の言葉と文三の科白《せりふ》は区別しなければなりません。同じ科白でも、同じ「第二篇」でお政が文句を言うところなどは、お政一人の言葉がずっと長く続きますから、そこでは区切りは必要ありませんでした。しかし、場面を描きながらその中での登場人物の心の中を描き、また場面に戻る、という形で話を進めていく設定になると、どうしてもだらだらと続けるわけにはいかなくなり、意識的に文章を区別しなければならなくなります。そこで、主語と述語との関係でひとまとまりの文章を区切っていくことが、小説を進めていくうえで理にかなった書き方になります。小説の進め方が、そういう形で変化し始めていくのです。文三が部屋の中に閉じこもり、いったい叔母やお勢は自分のことをどう考えているのか、昇とお勢の関係はどうなっているのかを心の中で思い詰める、これが作中人物の内面の発生ということになるわけです。

近代小説においては、人間の心の中で発する出来事が大事な主題になります。人間の内面が重視されてくることによって、文章の在り方にも変容が迫られていきます。ここに、二葉亭四迷の『浮雲』が、日本の近代小説の始まりだと事後的に言われる理由があります。小説の内部の書き方のメカニズムとして、地の文の語り手の説明と、作中人物自身の心の中の動き方を区別し、心の中の言葉すなわち内言をきちんと書いていくことを意識することによって、小説のそれぞれの部分の文体の在り方が、変容し始めているということが「第二篇」で露《あら》わになってくるわけです。

しかし『浮雲』の「第三篇」は結局、この変容を最後まで貫くことができずに途中で終わった、と文学史的には位置づけられています。『浮雲』は完結せずに途中で終わった小説だ、というのが文学史的には一つの常識的な評価になっているわけです。

『浮雲』の「第三篇」の冒頭で、二葉亭四迷は「浮雲第三篇ハ都合によッて此雑誌へ載せる事にしました」と書いています（P209・3）。掲載されたのは『都の花』という文学雑誌ですが、そこに二回にわたって連載することになります。「第三篇」の冒頭は作者の自省から始まります。

固《も》とこの小説ハつまらぬ事を種《たね》に作ッたものゆえ、人物も事実も皆《みな》つまらぬもののみでしょうが、それは作者も承知の事です。

ただ作者にはつまらぬ事にはつまらぬという面白味があるように思われたからそれで筆を執《と》ッてみたばかりです。

かなり悲観的な前書きが添えられています。地の文の書き手もこの小説で相手にしているのは人物の動きや事件、出来事ではなく心理なのだ、心の中のことなのだ、ということを明確に意識していることがわかります。

「浮雲　第三篇」の初回、第十三回は次のように始まっています。（P209・10〜）

心理の上から観れば、智愚の別なく人咸《ことごと》く面白味はある。内海文三《うつみぶんぞう》の心状を観れば、それは解《わか》ろう。

前回参看《さんかん》、文三は既にお勢《せい》に窘《たしな》められて、憤然として部屋へ駈戻《かけもど》ッた。さてそれからは独り演劇《しばい》、泡《あわ》を噛《かん》だり、拳《こぶし》を握ッたり。どう考えて見ても心外でたまらぬ。「本田さんが気に入りました、」それは一時の激語、も承知しているでもなく、また居ないでもない。から、強《あなが》ちそればかりを怒《いか》ッた訳でもないが、ただ腹が立つ、まだ何《なに》か他《た》の事で、おそろしくお勢に欺《あざ》むかれたような心地がして、訳もなく腹が立つ。

腹の立つまま、遂《つい》に下宿と決心して、宿所《しゅくしょ》を出た。ではお勢の事は既にすッぱり思切《おもいき》ッているか、というに、そうではない、思切ッてはいない。思切ッてはいないが、思切らぬ訳にもゆかぬから、そこで悶々《むしゃくしゃ》する。利害得喪《りがいとくそう》、今はそのような事に頓着ない。ただ己《おの》れに逆らッてみたい、己れの望まない事をして見たい。鴆毒《ちんどく》？　持ッて来い。嘗《な》めてこの一生をむちゃくちゃにして見せよう！……

そこで宿所を出た。同じ下宿するなら、遠方がよいというので、本郷辺《ほんごうへん》へ往《い》ッて尋ねてみたが、どうもなかッた。


文章が短くなって、きちんとセンテンスごとに分かれているのは、「第二篇」の後半と同じです。それだけではありません。地の文の書き手が明確に、文三の心理を問題にすると宣言して「第三篇」は内海文三の心情を描写していきます。

この直前の「第二篇」の終わりのところで、昇とお勢の関係に嫉妬した文三に対して、お勢から「わたしは本田昇さんのことが好きです」と宣言されてしまうわけですから、文三はそれが気になってもうこの家にいることはできないと思い詰めます。それで今の家を出て別の下宿先を探しに行こうと、お政の家を出たところの描写です。

この中で「腹の立つまま、遂《つい》に下宿と決心して宿所《しゅくしょ》を出た。」とありますが、これは地の文の書き手の外側からの説明の言葉であることは明白です。

次に文三の心の中に分け入って問いただします。お勢のことはすでにきっぱりと思い切っているかというと、それだけとはいえません。これはもちろん語り手の外側からの説明とも言えなくはありませんが、そうとも言えません。「思い切ッてはいない」ということだけ取り出してみると、登場人物内海文三の心の中に現れてきた言葉であるとも判断できる言い方になっています。

そしてこの段落の最後の辺りで、「己れの望まない事をして見たい。鴆毒《ちんどく》？　持ッて来い。嘗《な》めてこの一生をむちゃくちゃにして見せよう！……」とありますから、これはもう下宿探しに出て行く内海文三の心の中の内言であり、外には発せられてはいないが、心の中にわき出ている言葉だと言えます。ということは、地の文の文章はそのまま、作中人物である内海文三の心理に寄り添って、彼の心の中に現れてくる言葉を代弁するように書かれているからです。言い換えれば、地の文自体の文体を失って、そのまま作中の登場人物内海文三の心の中の文体に寄り添っていくということになります。それを「内言」と言いますが、そういう転換がいくつも見られていくのが「第三篇」の展開なのです。

ですから、同じ小説でありながら、「第三篇」は、「第一篇」「第二篇」の書き方と異なり、とりわけ科白と地の文の関係が、大きく転換していくことが明らかに看てとれます。それが、『浮雲』という小説の重要な特質なのです。大事なことは、作中人物である内海文三の、会話場面で出てくる話し言葉とは違う、文三の心の中の言葉が、小説の他の文の中で描写されていくということです。ここに日本近代小説における「内的独白」が生まれてくるという、大事な文学史的状況の変換が現れているわけです。

それが典型的な形で現れてくるのが、「浮雲　第三篇」の後半のいくつかの回になります。第十八回は、次のように始まっています。（P243・10～）

一週間と経《た》ち、二週間と経つ。昇《のぼる》は、相かわらず、繁々《しげしげ》遊びに来る。そこで、お勢《せい》も益々《ますます》親しくなる。

けれど、その親しみ方が、文三《ぶんぞう》の時とは、大きに違う。かの時は華美《はで》から野暮《じみ》へと感染《かぶ》れたが、この度は、その反対で、野暮《じみ》の上塗《うわぬり》が次第に剥《は》げて漸《ようや》く木地《きじ》の華美《はで》に戻る。両人とも顔を合わせれば、ただ戯《たわ》ぶれるばかり、落着いて談話《はなし》などした事更になし。それも、お勢に云わせれば、昇が宜《よろ》しくないので、此方《こちら》で真面目《まじめ》にしているものを、とぼけた顔をし、剽軽《ひょうきん》な事を云い、軽《かろ》く、気なしに、調子を浮かせてあやなしかける。それゆえ、念に掛けて笑うまいとはしながら、おかしくて、おかしくて、どうも堪《たま》らず、唇を噛締《かみし》め、眉《まゆ》を釣上げ、真赤になッても耐《こら》え切れず、つい吹出して大事の大事の品格を落してしまう。果《はて》は、何《なに》を云われんでも、顔さえ見れば、可笑《おか》しくなる。「本当に本田さんはいけないよ、人を笑わしてばかりいて。」お勢は絶えず昇を憎がッた。

ここは、実際に印刷されている『都之花』誌上でも、文面で言うと「本当に本田さんはいけないよ、人を笑わしてばかりいて」というところが「」に括ってあり、作中人物であるお勢の科白《せりふ》として地の文と区別されています。同時に、地の文の中でわざわざ「お勢に云わせれば」と、作中人物であるお勢の側に近づいていきます。ですから、地の文の書き手の言葉と、作中人物の言葉の区別をあえてなくしていく、作中人物の声と地の文の言葉が相互乗り入れしていく、そうした方法的な模索が、きわめて意識的になされているということが見えてくるわけです。

例えばドストエフスキーの小説の特徴を分析してみると、そこには複数の声が響き合う、「多声性」という方法がとられています。多声性とは英語では「ポリフォニー」と言いますが、もともとはラテン語ですから、ロシア語でも「ポリフォニー」と言います。これはミハイル・バフチンというドストエフスキー研究者の命名によるものですが、複数の声が響き合う多声性が近代小説の中に取り入れられてきました。世界中で読まれるドストエフスキーが創り出した、この複数の声の響き合いというものが、ロシア語の小説を翻訳しながら新しい小説の文体を創り出そうとした二葉亭四迷の『浮雲』の中に登場してきているということです。

ですから、二葉亭四迷の『浮雲』が近代小説の始まりだと言えるのは、単に日本の中における言文一致体の問題だけではなく、世界的な近代小説の流れの中に於いて、複数の声の響き合いが、作中人物たちのさまざまな心理の葛藤や、人間関係を描き出すことのできる、新しい言葉の体系を創り出していった、ということと結びついているわけです。

二葉亭四迷が実際に翻訳をしたのはツルゲーネフの小説ですが、ツルゲーネフが『猟人日記』に収められる小説を書いているときには、すでにフランスの小説家フロベールが『マダム・ボヴァリィ』を執筆し、ある特定の登場人物の意識や内面に即して地の文を書く、これはのちに「視点描写」と言われますが、この方法をフランス語で開発していたのです。そしてゴンクール兄弟など次の世代も、こぞってフロベールの新しい文体を模倣しており、そこにロシア人貴族でフランス語のできるツルゲーネフが亡命していて、その文体をフランス語で学んでいます。そこで学んだフランス語をロシア語化して『猟人日記』を書きますが、それを二葉亭四迷が『浮雲』執筆の過程で日本語に翻訳したわけです。ですから、『浮雲』という小説は、こうした世界的な規模で進んでいた、近代小説における新しい表現方法の開発の過程と、さまざまな偶然が重なりあいながら結びついて、極めて新しい、複数の声が響き合うような小説になっているのです。

二葉亭四迷自身はこの小説は途中で終わったとしていますが、現在残されている「浮雲　第三篇」の末尾は次のように終わっています。（P268・3〜）

が、また心を取直して考えてみれば、故《ゆえ》なくして文三を辱めたといい、母親に忤《さから》いながら、何《い》時《つ》しかそのいうなりになったといい、それほどまで親《したし》かった昇と俄《にわか》に疏々《うとうと》しくなったといい、――どうも常事《ただごと》でなくも思われる。と思えば、喜んで宜《よ》いものか、悲《かなし》んで宜いものか、殆《ほとん》ど我にも胡乱《うろん》になって来たので、あだかも遠方から撩《こそぐ》る真似をされたように、思い切っては笑う事も出来ず、泣く事も出来ず、快と不快との間に心を迷《まよわ》せながら、暫《しばら》く縁側を往《ゆ》きつ戻《もど》りつしていた。が、とにかく物を云ったら、聞いていそうゆえ、今にも帰ッて来たら、今一度運を試して聴かれたらその通り、もし聴かれん時にはその時こそ断然叔父の家を辞し去ろうと、遂《つい》にこう決心して、そして一《ひ》と先《まず》二階へ戻った。

つまり、自分が家を出る決心をしたことを伝えるべきかどうか、それとももう一度お勢と話し合ってみるべきかどうか、と廊下を行ったり来たりして結局また二階へ戻るわけです。これは、どちらにするか選ぶことができず、行ったり来たりする文三の心の内側と、部屋の外を行ったり来たりしている行動を重ねていて、そういう文体を開発した『浮雲』という小説の末尾としては、実にこの時期の近代文学の現状を、象徴するような終わり方をしていると私は考えています。『浮雲』は、みごとな結末をもっている小説ではないか、というのが私の持論です。

《森鷗外『舞姫』》

第Ⅰ章　文語体小説としての『舞姫』

この講義では、森鷗外の書いた小説、『舞姫』についてお話ししたいと思います。『舞姫』については、高等学校の現代国語の授業で学んだ方もいらっしゃるでしょうが、「難しい」と思われたかもしれません。それは文語体で書かれているからです。

『舞姫』の冒頭は次のように始まります。（P7・1〜）

石炭をば早《は》や積み果てつ。中等室の卓《つくえ》のほとりはいと静《しずか》にて、熾熱燈《しねつとう》の光の晴れがましきも徒《あだ》なり。今宵《こよい》は夜ごとにここに集《つど》ひ来る骨牌《カルタ》仲間も「ホテル」に宿りて、舟に残れるは余《よ》一人のみなれば。五年前《いつとせまえ》の事なりしが、平生《ひごろ》の望足りて、洋行の官命を蒙《こうむ》り、このセイゴンの港まで来《こ》し頃は、目に見るもの、耳に聞くもの、一つとして新《あらた》ならぬはなく、筆に任せて書き記しつる紀行文日ごとに幾千言をかなしけむ、当時の新聞に載せられて、世の人にもてはやされしかど、今日になりておもへば、穉《おさな》き思想、身のほど知らぬ放言、さらぬも尋常《よのつね》の動植金石、さては風俗などをさへ珍しげにしるししを、心ある人はいかにか見けむ。こたびは途《と》に上《のぼ》りしとき、日記《にき》ものせむとて買ひし冊子《さつし》もまだ白紙のままなるは、独逸《ドイツ》にて物学びせし間に、一種の「ニル・アドミラリイ」の気性をや養ひ得たりけむ、あらず、これには別に故《ゆえ》あり。

文語体（書き言葉）で書かれていますから、さっと読んだだけではなかなか解りにくいと思います。しかしこの『舞姫』という小説の時代背景やテーマ、そしてこの文章が書かれる現場から考えますと、日本の近代小説において表れてくる緊張感を、小説の書き出しの大きな枠にしたという点では、やはり歴史に残る小説ではないかと思います。

いったいどのような緊張感なのか。それは先ほどご紹介した冒頭の第一文です。「石炭をば早や積み果てつ」の末尾の「つ」は、完了の助動詞です。二葉亭四迷の『浮雲』が、書き言葉に話し言葉を取り入れる、日本最初の言文一致体の小説であることは、前にお話しした通りですが、言文一致体では表せない効果を文語体の完了の助動詞「つ」が作り出しているのです。

現在私たちが使っている言文一致体で言いますと、文章を書くときに、過去・現在・未来を示すヨーロッパ文法にある「時制《じせい》」は表せない言葉になっています。つまり、「なになにしました」という表現は、過去を表しているかのように言われています。しかし、「た」という助詞はもともと「て・あり」という助詞と助動詞が音声的につながってつづまった言葉です。「て」という助詞で一旦それまでの文章の動詞の流れを区切って、それを「あり」という助動詞で、時間とは関係なくそういうことがありました、と対象化するわけです。ですから厳密に言いますと、「た」という助動詞の中には、過ぎ去った時間を表す意味はないのです。それに対して『舞姫』冒頭文の、この「つ」という完了の助動詞は、長い間日本の書き言葉の中で、主体の側の判断として何々が終わったという意味で使われ、「けり」という伝聞の完了の意味を表す助動詞とは区別されて使われてきたのです。

つまり、当時の外国との行き来をする交通機関は、蒸気船《じょうきせん》しかありませんでしたから、この蒸気船の燃料である石炭をちょうど積み果てたところで、いつでも出港できる状態になっている、ということです。その石炭を積み果てて、いつでも出港できる状態になっている船の中等室、その名の通り上等と下等の中間の船室に、この手記を書いている「余」がただ一人だけ残っているのです。ほかの乗客たちは、下船して港のレストランに行ったり、ホテルに泊まったりしていたのに、そこにたった一人だけ残っているからこそ、この手記が書けるわけです。ここでなければ書けないという、書く現場の限られた時間の切迫した緊張感が、先の引用文では示されています。

場所は「セイゴン」、かつての南ヴェトナムのサイゴンです。今はホー・チミン市と呼ばれていますが、一九世紀にフランスがヴェトナムを植民地にした時からの重要な港でした。このセイゴンの港は、日本からヨーロッパに行くときには、そこを出るとインド洋で、途中ほとんど止まらないような航海になりますから、日本的なるものと完全に訣別《けつべつ》する場所になっていました。帰路の場合には、このセイゴン港は、インド洋を航海してきて東シナ海を日本へと向かうための、石炭を積む最後の寄港地となっていました。

いよいよ日本へ帰るという船中で、セイゴンという港で石炭を積んでいるときに書いているのですよという、冒頭の緊迫した時間の設定は、『舞姫』という文章全体に強い緊張感を与えていることがわかるわけです。それだけでなく、インド洋を越えてヨーロッパに旅をし、そこから帰ってきたという、当時はまだ非常に珍しかった洋行において、そのヨーロッパ体験を、ここ日本への最終寄港地セイゴンで綴らなければならない、という緊張状態が表現されているわけです。

先程紹介しましたように、行きの航海のときの状況と、帰りの最後の停泊港であるセイゴンの港で、石炭を積んでしまったときの執筆状況の、大きな対比がまず示されています。往く時には皆からもてはやされて、玉石混交《ぎょくせきこんこう》ではあれ、色々な旅の様子を珍しげに記してきました。しかし帰りは、セイゴンまで来ているというのに、何も書けていない、それはなぜなのか。

そこであまり聞き覚えのない、「ニル・アドミラリイ」というラテン語が出てきます。何事にも関心をもてないという、精神的な病でいうとある種の鬱《うつ》の状態になっている、という意味のラテン語です。ですから、この人は明らかに、洋行してヨーロッパで学問を収め、日常的にラテン語を自分の日本語の思考の中で使っている、そういう存在として日本に帰ろうとしている、ということがわかる表現です。

しかもそれだけではなく、この人は洋行の「官命」を蒙《こうむ》り、このセイゴンの港でもてはやされたと、往きの航海のときのセイゴンを思い起こしています。「官命」というのは、官すなわちお上としての国家から承った命令という意味の漢字二字熟語です。明治政府からの命令でヨーロッパやアメリカ、いわゆる西洋に行くということを、明治日本では「洋行の官命」と言ったのです。

当時日本の外交の相手は、「安政五カ国条約」を結んだ、アメリカ・オランダ・ロシア・イギリス・フランスという先進五か国であり、そこに条約改正を求めて、政府首脳が岩倉使節団として最初の洋行をすることになったわけです。その流れを汲む洋行の際に、往きの旅では色々書けたけれど帰りはそうではない、この書き手に往きと帰りにこれだけの違いをもたらしたものは何かというと、単純に「ニル・アドミラリイ」、すべてに無関心になったというわけではなさそうな、謎めいた書き出しになっています。単に読者の関心をひくために謎めいているのではなく、書き始めたけれどもなかなか書けずにいる書き手自身の心の中のわだかまりが伝わる表現になっています。

この、ヨーロッパから日本へ帰ってくる外国航路で、石炭を積み果てたセイゴンでの船中において、「熾熱燈《しねつとう》」の光の下でこの手記を書いている。その言葉が一つひとつ書きつけられていく現場の緊張感が表れているのが、『舞姫』の冒頭表現だと思います。

文章はこう続いていきます。（P7・10〜）

げに東《ひんがし》に還《かえ》る今の我は、西に航せし昔の我ならず、学問こそなほ心に飽き足らぬところも多かれ、浮世のうきふしをも知りたり、人の心の頼みがたきは言ふも更なり、われとわが心さへ変りやすきをも悟《さと》り得たり。きのふの是《ぜ》はけふの非《ひ》なるわが瞬間の感触を、筆に写して誰《たれ》にか見せむ。これや日記の成らぬ縁故なる、あらず、これには別に故あり。

書けないのは何故《なぜ》か、ここでも書き手の逡巡《しゅんじゅん》がよく解る文章になっています。世間の浮き沈みも色々体験し、人間の心というものは信用できないことがわかった。自分と自分の心さえも信用できない時もあった。昨日良しとしたことが今日は否定される。そういう心の移ろいや、自分という人間が大きく変わってしまったということが、調子に乗って文章を書いていた往きの時の「昔の我」と、何も書けなくなった帰りの「今」との違いとして表現されているのです。でも、これだけが日記が書けない理由ではない、と続きます。（P8・2〜）

ああ、ブリンヂイシィの港を出《い》でてより、早や二十日《はつか》あまりを経ぬ。世の常ならば生面《せいめん》の客にさへ交《まじわり》を結びて、旅の憂《う》さを慰めあふが航海の習《ならい》なるに、微恙《びよう》にことよせて房《へや》の裡《うち》にのみ籠《こも》りて、同行の人々にも物言ふことの少きは、人知らぬ恨《うらみ》に頭《かしら》のみ悩ましたればなり。この恨は初め一抹《いちまつ》の雲の如《ごと》く我《わが》心を掠《かす》めて、瑞西《スイス》の山色《さんしょく》をも見せず、伊太利《イタリア》の古蹟にも心を留《とど》めさせず、中頃は世を厭《いと》ひ、身をはかなみて、腸《はらわた》日ごとに九廻《きゅうかい》すともいふべき惨痛《さんつう》をわれに負はせ、今は心の奥に凝《こ》り固《かた》まりて、一点の翳《かげ》とのみなりたれど、文《ふみ》読むごとに、物見るごとに、鏡に映る影、声に応ずる響《ひびき》の如く、限《かぎり》なき懐旧の情を喚《よ》び起《おこ》して、幾度《いくたび》となく我心を苦《くるし》む。ああ、いかにしてかこの恨を銷《しょう》せむ。

心の中にわだかまっている「この恨《うらみ》」が、帰国の航海中ずっと自分の心に重なってきた、ということを語っているわけです。

ここでは、「ブリンヂイシィの港を出て」以来、とあります。このブリンヂイシィというのは、ローマ時代からのイタリアの港です。例えば、十字軍が遠征に出発する時の拠点港でしたが、その後はあまり使われていなかった港なのです。

一八六九年にスエズ運河が開通します。スエズ運河は、イタリア半島が突き出ている地中海から、スエズ湾、紅海そしてインド洋を結ぶ運河です。それまでは、閉ざされた地中海からからインド洋に出るには、アフリカ大陸南端の喜望峰をぐるりと周る航路しかありませんでした。ヨーロッパからアジアへ向かう航路を作っていくうえで、決定的な役割を果たしたのが、この一八六九年のスエズ運河の開通でした。

スエズ運河の開通を主導したのはフランスでした。『舞姫』の書き手は、そのスエズ運河を通ってきたわけです。そして一九世紀の後半に、やはりフランスの植民地として開発された、ヴェトナムのセイゴンの港に停泊することになったのです。このフランスがアジアに大きく乗り出してくるという背後には、イギリスが一強で世界の七つの海を支配していたパックスブリタニカ（イギリスによる平和）から、列強が覇権《はけん》を争う帝国主義の時代に、大きく世界状況が転換してくる経過がはっきりと表されています。

そして、「スイスの山色をも見せずイタリアの古蹟にも心を動かさず」と書かれていますから、ヨーロッパを陸路で移動して地中海に出たということです。スイスからイタリアへということは、ヨーロッパ大陸の北西部のほうからやってきたということがわかります。

このあとは、その地中海から船でスエズ運河を通って、インド洋に出て、東へ東へと航海を続け、アジアに向かうということになりますが、その際一九世紀の後半に港町として繁栄したブリンヂイシィから出航し、そこでの記憶を蘇《よみがえ》らせています。この出だしの、文庫本でいえばわずか十数行を紹介しただけですが、「余」というまだ名前の分らぬ書き手が生きている時代が、欧米帝国主義列強によるアジアに対する支配が進み、日本も開国を迫られた明治という時代であるという全体状況が、はっきりと浮かびあがってくるのです。

第Ⅱ章　明治立身出世主義時代の恋愛小説『舞姫』

『舞姫』という小説は、『国民之友』という雑誌に掲載されました。この雑誌は、徳富蘇峰《とくとみそほう》というジャーナリストであり政治家が一八八七（明治二〇）年に創刊したものですが、弟の徳富蘆花は日清戦争の頃に『不如帰《ほととぎす》』という小説で名声を博することになります。

当時ちょうど帝国議会が開設されるころで、その最初の選挙で衆議院議員になるためには、有権者に自分の名前を知らせなければなりません。徳富蘇峰はそのための宣伝媒体として『国民之友』を発行したのです。『国民之友』というのはかなり大げさな題名ですが、それは徳富蘇峰自身のことを指していました。この徳富蘇峰の主宰《しゅさい》している雑誌の発行者は「民友社」となっており、執筆者には志を同じくした人たちが名を連ねていました。

この活字印刷された定期刊行物という明治時代の新メディアとしての『国民之友』は、最初は月刊だったものが次第に二週間に一回ぐらいの発行になっていきます。それまでの一部の限定された政治家中心に政治が行われていたところから、憲法が発布されて選挙で議員が選ばれ議会が開かれて、そこで議論して新しい政治をやるという、文明国家として明治日本が大きく変貌していきます。

選挙民としての「国民」と選挙される議員としての政治家の、間をつなぐ雑誌が『国民之友』でした。また、『国民之友』は文学の領域にも力を入れ、当時の一流文学者や新進作家も登場しました。そうした一八八〇年代後半の状況の下で、この『舞姫』が発表されましたから、多くの読者は同時代性を強く意識することになったわけです。

すでに見たように、『舞姫』の出だしで、手記の書き手はヨーロッパ大陸から地中海に出て、スエズ運河を通りインド洋を長旅してセイゴンまでやってたとあり、そのセイゴン港では何も書けない、どうしてだと自問自答しますがまだ書けない、という状況が述べられています。その「余」の心の悩みの深さと重さを、こうした明治日本の現状と世界情勢の中で見据えることによって、読者に時代性を正確に伝達する設定になっているわけです。このごく限定された冒頭の十数行で、明治という時代に、日本が世界の中でどういう位置を占めていたのか、この辺りを言葉を吟味《ぎんみ》しながら、主人公自身が、『国民之友』の読者に伝えていったというところに、『舞姫』のすぐれた文学的企みがあると思います。

「セイゴン」の港でたった一人船を下りないで、この手記を書いているのは誰なのか、ということがようやくわかってくるのが、次のところです。(P8・13〜)

余は幼き比《ころ》より厳しき庭の訓《おしえ》を受けし甲斐《がい》に、父をば早く喪《うしな》ひつれど、学問の荒《すさ》み衰ふることなく、旧藩の学館にありし日も、東京に出《い》でて予備黌《よびこう》に通ひしときも、大学法学部に入《い》りし後《のち》も、太田豊太郎《おおたとよたろう》といふ名はいつも一級の首《はじめ》にしるされたりしに、一人子《ひとりご》の我を力になして世を渡る母の心は慰みけらし。十九の歳《とし》には学士の称を受けて、大学の立ちてよりその頃までにまたなき名誉なりと人にも言はれ、某《なにがし》省に出仕して、故郷なる母を都《みやこ》に呼び迎へ、楽しき年を送ること三とせばかり、官長の覚《おぼ》え殊《こと》なりしかば、洋行して一課の事務を取り調べよとの命を受け、我名《わがな》を成さむも、我家を興《おこ》さむも、今ぞとおもふ心の勇み立ちて、五十を踰《こ》えし母に別るるをもさまで悲しとは思はず、遥々《はるばる》と家を離れてベルリンの都に来ぬ。

ここで、手記を書いている「余」の名前が「太田豊太郎」であり、典型的な明治の立身出世コースを一気に歩んできた青年であるということがわかります。筆者の森鴎外も、このような超エリートコースを歩み、早くに医者となってドイツに留学することになったわけで、実際に留学していた時期もここに記した通りです。ですから、この太田豊太郎の設定はほぼ、筆者の鷗外・森林太郎と重なっていることになります。太田豊太郎は大学法学部にいきますが、鴎外・森林太郎は医者の道を歩み、軍に入って陸軍の軍医としてドイツに留学をするという点では、多少の違いはありますが。

「十九歳にして」ということは、明らかに飛び級をしていたのですが、この年齢を提示したところに、幼少期から学歴競争社会に勝利して歩んできたことが示されています。また、「大学の立ちてよりその頃までに」とあるのは、大学というのは帝国大学のことですから、日本の学歴社会がどう形成されてきたのか、明治何年に何があったのかを辿《たど》れば、つい数年前のことですから、同時代の読者の記憶の中には「そういう存在なのか」ということがわかったはずです。
そして、田舎から東京に出てきて、母を新しい都へ呼んで三年たったところで、洋行の命令が出たわけです。当時は、洋行するには大変なお金がかかりましたから、よほどのエリートでなければ、国家の命令で、国家予算を使って洋行することなどはあり得ませんでした。太田豊太郎の母親はすでに五〇歳になっており、当時は「人生五〇年」時代で、すでに老境に達している母をおいて、ドイツのベルリンに赴《おもむ》いたのですから、その点でも、ドイツで学んだ鴎外・森林太郎の生涯とも重なるわけです。（P9・7〜）

余は模糊《もこ》たる功名《こうみょう》の念《ねん》と、検束に慣れたる勉強力とを持ちて、忽《たちま》ちこの欧羅巴《ヨーロッパ》の新大都の中央に立てり。何らの光彩ぞ、我目を射むとするは。何らの色沢ぞ、我心を迷はさむとするは。菩提樹《ぼだいじゅか》下と訳するときは、幽静なる境《さかい》なるべく思はるれど、この大道髪《かみ》の如《ごと》きウンテル・デン・リンデンに来て両辺なる石だたみの人道を行く隊々《くみぐみ》の士女を見よ。胸張り肩聳《そび》えたる士官の、まだ維廉《ウイルヘルム》一世の街に臨めるに倚《よ》り玉《たま》ふ頃なりければ、様々の色に飾り成したる礼装をなしたる、妍《かおよ》き少女《おとめ》の巴里《パリ》まねびの粧《よそおい》したる、彼もこれも目を驚かさぬはなきに、車道の土瀝青《アスファルト》の上を音もせで走るいろいろの馬車、雲に聳ゆる楼閣《ろうかく》の少しとぎれたる処《ところ》には、晴れたる空に夕立の音を聞かせて漲《みなぎ》り落《お》つる噴井《ふきい》の水、遠く望めばブランデンブルク門を隔てて緑樹枝をさし交《か》はしたる中より、半天に浮び出でたる凱旋塔《がいせんとう》の神女の像、この許多《あまた》の景物目睫《けいぶつもくしょう》の間《かん》に聚《あつま》りたれば、始めてここに来《こ》しものの応接に遑《いとま》なきも宜《うべ》なり。されど我胸には縦《たと》ひいかなる境に遊びても、あだなる美観に心をば動《うごか》さじの誓《ちかい》ありて、つねに我を襲ふ外物を遮《さえぎ》り留《とど》めたりき。

プロイセンの首都、ベルリンのウンテル・デン・リンデン、これは日本語に訳すと菩提樹の下となりますが、そこにはブランデンブルク門があります。このブランデンブルク門というのは、一八世紀から一九世紀にかけてプロイセンで、考古学をもとにギリシャやローマの建築事業を正確に復元するというコンセプトでラングハンスによって建てられた、古典主義様式の堂々とした建築物で、ベルリンのシンボルともなっています。これを建てたのはプロイセン王フリードリヒ・ウィルヘルム一世ですが、まさに権力者の力を誇示するような威容《いよう》を誇っています。それで「ウィルヘルム（維廉《ウイルヘルム》）一世の街に臨めるに倚《よ》り玉《たま》ふ頃なりければ」と述べられているのです。

プロイセンはその後、ビスマルクの力によって徴兵制の軍を置き、フランスとの普仏戦争（一八七〇年）に勝利し、それまで諸侯が個別に支配していた地域を統一してドイツ帝国を建てますが、ここでプロイセン軍事大国化のシンボルとしてのウィルヘルム一世のことを思い出したのです。当初フランス型の国づくりをしていた大日本帝国も、これからはプロイセン型、ドイツ型で行くのだと路線を転換します。その概略については『浮雲』の項でお話ししました、あのナポレオン髭《ひげ》やビスマルク髭のことを思い出してください。明治の大日本帝国がどのような政治経済、軍事力強化の道を歩んでいくのか、その見本として選択した大ドイツ帝国の首都に太田豊太郎は行っているわけです。太田豊太郎はまさに、大日本帝国の中枢の命令を受けて、国家のモデルとするドイツ帝国の在り方を学ぶために留学した、そういう政治の本流に身を置いていたわけです。

その彼の目に映るのは、ウンテル・デン・リンデンという広場を闊歩《かっぽ》している軍人と、その軍人と手を組んでいる女性たちです。彼女たちは、普仏戦争で勝利し、打ち負かしたパリの街さながらにめかしこんでいます。こうして、留学したドイツ帝国の、当時のヨーロッパにおける覇権者《はけん》としての姿が象徴的に描かれているわけです。

そしてここで、豊太郎の仕事が始まるわけですが、何をどうしていたのかがわかるところです。（P10・4〜）

余が鈴索《すずなわ》を引き鳴らして謁《えつ》を通じ、おほやけの紹介状を出《い》だして東来の意を告げし普魯西《プロシヤ》の官員は、皆快く余を迎へ、公使館よりの手つづきだに事なく済みたらましかば、何事にもあれ、教へもし伝へもせむと約しき。喜ばしきは、わが故里《ふるさと》にて、独逸、仏蘭西《フランス》の語を学びしことなり。彼らは始めて余を見しとき、いづくにていつの間にかくは学び得つると問はぬことなかりき。

さて官事の暇《いとま》あるごとに、かねておほやけの許《ゆるし》をば得たりければ、ところの大学に入《い》りて政治学を修めむと、名を簿冊《ぼさつ》に記させつ。

ひと月ふた月と過《す》ぐすほどに、おほやけの打合せも済みて、取調も次第に捗《はかど》り行《ゆ》けば、急ぐことをば報告書に作りて送り、さらぬをば写し留めて、つひには幾巻《いくまき》をかなしけむ。大学のかたにては、穉《おさな》き心に思《おも》ひ計《はか》りしが如く、政治家になるべき特科のあるべうもあらず、此《これ》か彼《かれ》かと心迷ひながらも、二、三の法家の講筵《こうえん》に列《つらな》ることにおもひ定めて、謝金を収《おさ》め、往《ゆ》きて聴きつ。

かくて三年《みとせ》ばかりは夢の如くにたちしが、時来《きた》れば包みても包みがたきは人の好尚《こうしょう》なるらむ、余は父の遺言を守り、母の教に従ひ、人の神童なりなど褒《ほ》むるが嬉《うれ》しさに怠《おこた》らず学びし時より、官長の善《よ》き働き手を得たりと奨《はげ》ますが喜ばしさにたゆみなく勤めし時まで、ただ所動的、器械的の人物になりて自ら悟らざりしが、今二十五歳になりて、既に久しくこの自由なる大学の風に当りたればにや、心の中なにとなく妥《おだやか》ならず、奥深く潜《ひそ》みたりしまことの我は、やうやう表《おもて》にあらはれて、きのふまでの我ならぬ我を攻むるに似たり。

ここは、高等学校の国語の授業で『舞姫』を学んだ方には、とても懐かしい場面かと思います。「まことの我」と「我ならぬ我」とはどういう意味か、国語の先生が生徒に質問して答えさせるというのが、授業の中心になっていたと思います。豊太郎は三年間、さまざまな事務をこなしながら大学にも通い、留学生活を送ってきました。それまでは人に言われるままに、父の遺言《ゆいごん》を守り、母の教えに従って、立身出世の道を進んできたが、そういう他者の設定した路線に従ってきただけではないと自ら考え、あるいは独語《どくご》をする、そういう「まことの我」が出てきた、ということです。

大学では本来、法律を学ぶという命令を受けてきたのですが、豊太郎は大学においては「法科」の講議は、二つか三つにして、歴史や文学に心を寄せるようになります。つまり法律を学ぶのではなく、「書を読む境」に入り、人文科学に親しむようになった、ということです。

同時に、それなりの数の留学生たちがベルリンにきていますが、そういう人たちとの付き合いはどうだったのか、こんなふうに書かれています。（P12・1～）

官長はもと心のままに用ゐるべき器械をこそ作らんとしたりけめ。独立の思想を懐《いだ》きて、人なみならぬ面《おも》もちしたる男をいかでか喜ぶべき。危《あやう》きは余が当時の地位なりけり。されどこれのみにては、なほ我地位を覆《くつが》へすに足らざりけんを、日比伯林《ひごろベルリン》の留学生の中《うち》にて、或《あ》る勢力ある一群《ひとむれ》と余との間に、面白からぬ関係ありて、彼《かの》人々は余を猜疑《さいぎ》し、また遂に余を讒誣《ざんぶ》するに至りぬ。されどこれとてもその故なくてやは。

彼人々は余が倶《とも》に麦酒《ビール》の杯《さかずき》をも挙げず、球突《たまつ》きの棒《キュー》をも取らぬを、かたくななる心と慾を制する力とに帰して、且は嘲《あざけ》り且は嫉《ねた》みたりけん。されどこは余を知らねばなり。ああ、この故よしは、我身だに知らざりしを、怎《いか》でか人に知らるべき。わが心はかの合歓《ねむ》といふ木の葉に似て、物触れば縮みて避けんとす。我心は処女に似たり。余が幼き頃より長者の教を守りて、学《まなび》の道をたどりしも、仕《つかえ》の道をあゆみしも、皆な勇気ありて能《よ》くしたるにあらず、耐忍勉強の力と見えしも、皆な自ら欺《あざむ》き、人をさへ欺きつるにて、人のたどらせたる道を、唯《た》だ一条《ひとすじ》にたどりしのみ。よそに心の乱れざりしは、外物を棄てて顧《かえり》みぬほどの勇気ありしにあらず、唯外物に恐れて自らわが手足を縛《ばく》せしのみ。

つまり、同じ留学生たちが遊んだり、玉突きに行ったり、ビールの盃をあげたりしているが、自分がそれに付き合わないのは謹厳実直《きんげんじっちょく》で真面目《まじめ》なのだと思われているが、実はそうではない。自分の心の中には「合歓《ねむ》といふ木」がある。ねむの木はさわると葉を閉じてしまう木です。そういう他者と関わることに怯《おび》えて自分の行動をひかえてしまう、そういう弱い心があったために「人のたどらせた道」を歩むことになってしまった。けれどもそれは本当の自分ではなく、結果的に、父の遺言や母の望むような、あるいは自分に留学を命令した役所の官長の命令に従っただけである。他人の望む方向で人生を歩んできたのだと、批判的に総括していきます。

そのような暮らしがあるとき変わりました。ずっと書かねばならないと思ったのだが書けなかった、『舞姫』をめぐる物語を、ここから書き始めることになるわけです。

それが次のところです。（P13・11～）

或る日の夕暮なりしが、余は獣苑《じゅうえん》を漫歩して、ウンテル・デン・リンデンを過ぎ、我がモンビシュウ街の僑居《きょうきょ》に帰らんと、クロステル巷《こう》の古寺の前に来ぬ。余は彼《か》の燈火《ともしび》の海を渡り来て、この狭く薄暗き巷《こうじ》に入り、楼上《ろうじょう》の木欄《おぼしま》に干したる敷布、襦袢《はだぎ》などまだ取入れぬ人家、頬髭《ほおひげ》長き猶太《ユダヤ》教徒の翁《おきな》が戸前に佇《たたず》みたる居酒屋、一つの梯《はしご》は直ちに楼《たかどの》に達し、他の梯は窖《あなぐら》住まひの鍛《か》冶《じ》が家に通じたる貸家《かしや》などに向ひて、凹字《おうじ》の形に引籠《ひっこ》みて立てられたる、この三百年前の遺跡を望む毎に、心の恍惚《こうこつ》となりて暫し佇みしこと幾度《いくたび》なるを知らず。

今この処を過ぎんとするとき、鎖《とざ》したる寺門の扉《とびら》に倚《よ》りて、声を呑みつつ泣くひとりの少女《おとめ》あるを見たり。年は十六、七なるべし。被《かぶ》りし巾《きれ》を洩《も》れたる髪の色は、薄きこがね色にて、着たる衣は垢《あか》つき汚れたりとも見えず。我足音に驚かされてかへりみたる面《おもて》、余に詩人の筆なければこれを写すべくもあらず。この青く清らにて物問ひたげに愁《うれい》を含める目の、半ば露を宿せる長き睫毛《まつげ》に掩《おお》はれたるは、何故《なにゆえ》に一顧したるのみにて、用心深き我心の底までは徹《てっ》したるか。

彼は料《はか》らぬ深き歎きに遭《あ》ひて、前後を顧《かえり》みる遑《いとま》なく、ここに立ちて泣くにや。わが臆病《おくびょう》なる心は憐憫《れんびん》の情に打ち勝たれて、余は覚えず側《そば》に倚《よ》り、「何故に泣き玉《たま》ふか。ところに繋累《けいるい》なき外人《そとびと》は、かへりて力を借しやすきこともあらん。」といひ掛けたるが、我ながらわが大胆なるに呆《あき》れたり。


これが、このあと太田豊太郎が深い関係を結ぶことになる「エリス」という女性との出会いの場面です。たまたま、ベルリンの郊外にある動物園の辺りを散歩していたときのことです。そして「クロステル」と言われている、古い通りのお寺の辺りに差し掛かります。頬髯《ほおひげ》のあるユダヤ人が、つまり当時ベルリンで差別されていたユダヤ人たちの住むような貧民街という、太田豊太郎が外交官をめざす留学生として生活してきた地域とは、全く違うところに足を踏み込んだのです。でもなぜか、豊太郎はそこでいくたびか佇《たたず》んで、恍惚《こうこつ》として見ていることがあったのです。すると、そこに泣き続けている一人の「少女《おとめ》」の姿を見つけます。

そして、この「少女」とまなざしを交わすと、なぜか、警戒心が強い用心深い豊太郎の、心の底まで彼女のまなざしが差し込んでくるのです。そしてついつい声をかけてしまいます。この辺に知り合いのない自分のほうが、かえって役に立てるかもしれないと思ったからでしょう。そして豊太郎はその自らの大胆さに呆《あき》れてしまうわけです。

ここから二人の関わりが始まります。（P14・13〜）

> 彼は驚きてわが黄なる面を打守《うちまも》りしが、我が真率《しんそつ》なる心や色に形《あら》はれたりけん。「君は善き人なりと見ゆ。彼の如く酷《むご》くはあらじ。また我母の如く。」暫《しば》し涸《か》れたる涙の泉はまた溢《あふ》れて愛らしき頬《ほお》を流れ落つ。
>
> 「我を救ひ玉へ、君。わが恥《はじ》なき人とならんを。母はわが彼の言葉に従はねばとて、我を打ちき。父は死にたり。明日は葬《ほうむ》らでは愜《かな》はぬに、家に一銭の貯《たくわえ》だになし。」
>
> 跡は欷歔《ききょ》の声のみ。我眼《まなこ》はこのうつむきたる少女の顫《ふる》ふ項《うなじ》にのみ注がれたり。
>
> 「君が家《や》に送り行かんに、先づ心を鎮《しず》め玉へ。声をな人に聞かせ玉ひそ。ここは往来《おうらい》なるに。」彼は物語するうちに、覚えず我肩に倚りしが、この時ふと頭《かしら》を擡《もた》げ、また始《はじめ》てわれを見たるが如く、恥ぢて我側《そば》を飛びのきつ。
>
> 人の見るが厭《いと》はしさに、早足に行く少女の跡に附きて、寺の筋向ひなる大戸《おおと》を入れば、欠け

損じたる石の梯《はしご》あり。これを上《の》ぼりて、四階目に腰を折りて潜《くぐ》るべき程の戸あり。少女は銹《さ》びたる針金の先きを捩《ね》ぢ曲《ま》げたるに、手を掛けて強く引きしに、中には咳枯《しわが》れたる老媼《おうな》の声して、「誰《た》ぞ」と問ふ。エリス帰りぬと答ふる間もなく、戸をあららかに引開《ひきあ》けしは、半ば白《しら》みたる髪《かみ》、悪しき相《そう》にはあらねど、貧苦の痕《あと》を額《ぬか》に印《しる》せし面の老媼にて、古き獣綿の衣を着、汚れたる上靴《うわぐつ》を穿《は》きたり。エリスの余に会釈《えしゃく》して入るを、かれは待ち兼ねし如く、戸を劇《はげ》しくたて切りつ。

ここで、泣いていた少女が「エリス」という名前であるとわかります。「私を助けてください」と言われますが、太田豊太郎はまだ事情がわかりません。父親が死んで葬式《そうしき》を出さなければならないのにお金はありません、母親はエリスが嫌がっていることを命令しているようです。それは「わが恥なき人にならんを」、つまり恥を捨てた人間になりなさいというのです。その背後には、誰か男性に身を任せること、お金との引き換えに身を汚《けが》されるかもしれない、という事情があるわけですが、その母親がいる彼女の家に豊太郎は連れていかれます。

その家の表札には、「エルンスト・ワイゲルト」という、死んでしまった父親の名前が記されています。事情を訊《き》いてみると、エリスは「ヴィクトリア座」という劇場の踊り子をしていて、その劇場の支配人からお金と見返りに、身を任せることを要求されており、母はそうしなさいと言っている、とエリスは告白するわけです。（P16・12〜）

「許し玉へ。君をここまで導きし心なさを。君は善き人なるべし。我をばよも憎み玉はじ。明《あ》日《す》に迫るは父の葬《はふり》、たのみに思ひしシャウムベルヒ、君は彼を知らでやおはさん。彼は「キクトリア」座の座頭《ざがしら》なり。彼が抱《かか》へとなりしより、早《は》や二年《ふたとせ》なれば、事なく我らを助けんと思ひしに、人の憂《うれい》に附けこみて、身勝手なるいひ掛けせんとは。我を救ひ玉へ、君。金をば薄き給金を析《さ》きて還《かえ》し参《まい》らせん。縦令《よしや》我身は食《くら》はずとも。それもならずば母の言葉に。」彼は涙ぐみて身をふるはせたり。その見上げたる目には、人に否《いな》とはいはせぬ媚態《びたい》あり。この目の働きは知りてするにや、また自らは知らぬにや。

我が隠《かく》しには二三「マルク」の銀貨あれど、それにて足るべくもあらねば、余は時計をはづして机の上に置きぬ。「これにて一時の急を凌《しの》ぎ玉へ。質屋の使《つかい》のモンビシユウ街三番地にて太田《おおた》と尋ね来《こ》ん折には価《あたい》を取らすべきに。」

少女は驚き感ぜしさま見えて、余が辞別《わかれ》のために出《いだ》したる手を唇にあてたるが、はらはらと落つる熱き涙《なんだ》を我手の背《せびら》に濺《そそ》ぎつ。

ここで、豊太郎は自分が持っている二、三マルクと、それでは足りないと思ったので懐中時計を質屋に入れなさいとエリスに渡して、当座の身を売ることを避けるために、葬式を出せる金を渡したわけです。これが決定的に豊太郎の生活の変化につながってしまいます。続いて、こうあります。

（P17・11〜）

ああ、何らの悪因ぞ。この恩を謝せんとて、自ら我僑居《きょうきょ》に来《こ》し少女は、ショオペンハウエルを右にし、シルレルを左にして、終日《ひねもす》兀坐《こつざ》する我読書の窓下《そうか》に、一輪の名花を咲かせてけり。この時を始《はじめ》として、余と少女との交《まじわり》漸く繁くなりもて行きて、同郷人にさへ知られぬれば、彼等は速了《そくりょう》にも、余を以《も》て色を舞姫《まいひめ》の群《むれ》に漁《ぎょ》するものとしたり。

ここで題名の「舞姫」という言葉が出てきます。エリスはヴィクトリア座の人気の踊り子だったのです。それで、彼女が豊太郎の部屋に出入りすることで、同じ留学生仲間の間に、豊太郎は「舞姫」と恋愛関係に陥《おちい》った、という噂《うわさ》が広まってしまうことになるわけです。

そこから事態は変わります。（P18・2〜）

その名を斥《き》さんは憚《はばかり》あれど、同郷人の中に事を好む人ありて、余がしばしば芝居に出入して、女優と交るといふことを、官長の許《もと》に報じつ。さらぬだに余が頗《すこぶ》る学問の岐路《きろ》に走るを知りて憎み思ひし官長は、遂に旨《むね》を公使館に伝へて、我官を免じ、我職を解いたり。公使がこの命を伝ふる時余にいひしは、御身《おんみ》若し即時に郷《きょう》に帰らば、路用を給すべけれど、若しなほここに在らんには、公《おおやけ》の助《たすけ》をば仰ぐべからずとのことなりき。余は一週日《いっしゅうじつ》の猶予《ゆうよ》を請《こ》ひて、とやかうと思ひ煩《わずら》ふうち、我生涯にて尤《もっと》も悲痛を覚えさせたる二通の書状に接しぬ。この二通は殆《ほとん》ど同時にいだしゝものなれど、一は母の自筆、一は親族なる某《なにがし》が、母の死を、我がまたなく慕《した》ふ母の死を報じたる書《ふみ》なりき。余は母の書中の言《こと》をここに反覆するに堪《た》へず、涙の迫り来て筆の運《はこび》を妨ぐればなり。

余とエリスとの交際は、この時までは余所目《よそめ》に見るより清白なりき。彼は父の貧きがために、充分なる教育を受けず、十五の時舞の師のつのりに応じて、この恥づかしき業《わざ》を教へられ、「クルズス」果てて後、「ヰクトリア」座に出《い》でて、今は場中第二の地位を占めたり。されど詩人ハックレンデルが当世の奴隷といひし如く、はかなきは舞姫の身の上なり。薄き給金にて繋《つな》がれ、昼の温習《おんしゅう》、夜の舞台と緊《きび》しく使はれ、芝居の化粧部屋に入りてこそ紅粉をも粧《よそお》ひ、美しき衣をも纏《まと》へ、場外にてはひとり身の衣食も足らずがちなれば、親腹《はら》からを養ふものはその辛苦奈何《いかに》ぞや。

豊太郎とエリスとの関係が留学生仲間たちの噂になり、上司に知らされることになります。そうすると、最近はあまり仕事をせず、学問にばかり凝《こ》っている豊太郎に対して不満を抱いていた官長が、豊太郎を免官してしまいます。前項でお話をした『浮雲』と同じように、立身出世コースを歩んできた主人公が、免職になるという設定が、明治二〇年代に現れた新しい近代小説の共通項になるわけです。

つまり、新しい近代国家の立身出世コースを、何らかの形で歩んできたエリートとして、学問をひたすらしてきた青年が、様々な事情が重なって勝ち組の道を外れ、立身出世コースからドロップアウトしてしまった。そこからそれまでなかった女性との関係性が生まれ、女性との心の交わし合いが始まっていくという小説的設定です。明治になって「love」という英語の翻訳《ほんやく》語として「恋愛」という漢字二字熟語の言葉が見出されますが、ここに、近代小説の特徴があるのです。
太田豊太郎とエリスとの関わりは、ここで大きく変化します。豊太郎はこう書いています。（P19・11〜）

ああ、委《くわし》くここに写さんも要なけれど、余が彼を愛《め》づる心の俄《にわか》に強くなりて、遂に離れがたき中《なか》となりしはこの折なりき。我《わが》一身の大事は前に横《よこたわ》りて、洵《まこと》に危急存亡の秋《とき》なるに、この行《おこない》ありしをあやしみ、また誹《そし》る人もあるべけれど、余がエリスを愛する情は、始めて相見し時よりあさくはあらぬに、いま我数奇《さつき》を憐《あわれ》み、また別離を悲みて伏し沈みたる面《おもて》に、鬢《びん》の毛の解けてかかりたる、その美しき、いぢらしき姿は、余が悲痛感慨の刺激によりて常ならずなりたる脳髄を射て、恍惚の間にここに及びしを奈何にせむ。

当時の表現状況ですから、露骨《ろこつ》に性的な交渉をもったとは書けませんが、官庁から免職を言い渡されて、非常に厳しい状況の中に置かれたとき、エリスとの関わりが決定的に変化した、つまり肉体関係を結んでしまったわけです。そこからこの『舞姫』という物語は、近代的な恋愛小説としての新たな展開を示していくことになります。そして、それまでの明治十年代における立身出世小説や政治小説とは異なった恋愛小説になっていきます。その要が豊太郎の言う「悲痛感慨《ひつうかんがい》」という四字熟語にこめられています。

立身出世的政治小説の男性主人公の精神の基軸は、「悲憤慷慨《ひふんこうがい》」という漢字四字熟語でした。この四字熟語が意味するところは、自分の思い描く理想のようにならない世の中と、その中での自分の身の在り方について悲しみ「いきどおりながらなげく」ことです。こうした「悲憤慷慨」的な若い男性がそれまでの小説の主人公だったのです。女性作中人物は、この「悲憤慷慨」に同調し、男性を助ける設定でした。

これに対し豊太郎は、父の葬儀代のために身を売らねばならなくなったエリスに同情し、彼女を援助する方向を、「悲痛」すなわち悲しみ心を痛め、強く感情を動かし身にしみて受けとめる「感慨」を抱くのです。その意味で、それまでに存在しなかった、全く新しい、男性の小説主人公が現れたことになります。

第Ⅲ章　『舞姫』における書くことを巡る倫理性の問題

前章では、主人公の太田豊太郎が街かどで出会った、少女エリスと決定的な仲になるというところまでお話ししました。

太田豊太郎は、外交官としての様々な法律的な手続きを学ぶためにドイツにやってきていて、語学が達者でドイツ語とフランス語の両方に通じているということで、ドイツの官僚からも評価されていました。この時期の大日本帝国は「鹿鳴館《ろくめいかん》時代」とも呼ばれていました。欧米列強に対して、幕府時代に結んだ「安政五カ国条約」という不平等条約改正を、一気に進めなければならないという状況だったわけです。そのために伊藤博文は、上流階級の女性たちを鹿鳴館に呼んで、列強諸国の外交官の接待をさせましたが、こうした媚《こ》びへつらうような形で外交交渉をするのは許せないという、条約改正反対運動が起こっていきます。そういう意味で言うと、『舞姫』の物語が、どのような歴史的事件を背景にしていたのかは、とても大事な要件になるわけです。

結果として、太田豊太郎はエリスとの関係を深めていくことになり、そのまま直ぐ日本に帰ることなく、ベルリンに残ることを選択します。（P20・3〜）

公使に約せし日も近づき、我命《めい》はせまりぬ。このままにて郷にかへらば、学成らずして汚名を負ひたる身の浮ぶ瀬あらじ。さればとて留《とど》まらんには、学資を得《う》べき手だてなし。
この時余を助けしは今我同行の一人なる相沢謙吉《あいざわけんきち》なり。彼は東京に在《あ》りて、既に天方伯《あまがたはく》の秘書官たりしが、余が免官の官報に出でしを見て、某《なにがし》新聞紙の編輯長《へんしゅうちょう》に説きて、余を社の通信員となし、伯林《ベルリン》に留まりて政治学芸の事などを報道せしむることとなしつ。
社の報酬はいふに足らぬほどなれど、棲家《すみか》をもうつし、午餐《ひるげ》に往《ゆ》く食店《たべものみせ》をもかへたらんには、微《かすか》なる暮しは立つべし。とかう思案する程に、心の誠を顕《あら》はして、助の綱をわれに投げ掛けしはエリスなりき。かれはいかに母を説き動かしけん、余は彼等親子の家に寄寓《きぐう》することとなり、エリスと余とはいつよりとはなしに、あるか無きかの収入を合せて、憂《う》きがなかにも楽しき月日を送りぬ。

明治政府から命令されて行ったベルリンで、官から給料ももらって外交官として生活していた豊太郎が、いろいろ噂《うわさ》を立てられて免職に至ります。このまま帰るなら旅費を支給すると言われたのですが、それも断りました。その時にいろいろ手だてをつくしてくれたのが、友人の「相沢謙吉」でした。小説の後半、この相沢謙吉が重要な役割を担うことになります。

相沢謙吉が間に立って、日本のある新聞社の編集長に連絡をとってくれます。当時の役人というのは超エリートですから、どういう職に変ったか、あるいは免職になったか、というのは新聞記事になります。つい最近この国でも検事の人事をめぐる様々なスキャンダラスな事件が起きましたが、明治時代の役人の進退は大きなニュースになりましたから、相沢謙吉が太田豊太郎の免官になったという新聞記事を見て、心配して新聞社に連絡をとってくれたのです。そしてそこの編集長に、政治や学芸の記事を、ドイツから送ってくれたなら、それを記事にし原稿料も出そうと話をつけてくれたのです。そこでなんとか生活のめどが立たないかと豊太郎は考えたのです。

その時に具体的な手だてを提案したのがエリスでした。自分が母親と住んでいる家は古く、暮らしは貧しいけれども、そこに同居すれば高い住宅費を払わなくて済みます。新聞社に毎月記事を書いて送ればそれなりに原稿料をもらえるわけですから、二人の収入を合わせれば最低限の生活ができるのではないか、という共同生活の提案です。これは、当時の日本における結婚や同棲《どうせい》の在り方からすれば珍しい、共働きの提案ですが、まだ正式には結婚していませんが共働きをしながら生活をしていこう、という提案をエリスがして豊太郎もそれを受け入れたわけです。豊太郎が、ドイツの国や各地域で起きている様々な政治や学芸の問題を、ベルリンから日本の新聞社に書いて送る、いわば海外特派員的なジャーナリストとして生活をしていく、ということになるわけです。

官命に基づいて国家からの命令で役人として仕事をしていた太田豊太郎が、民間のジャーナリストになる。これは、留学先から帰国した森鷗外が、自ら医学や薬学に関わる雑誌を作りながら旺盛《おうせい》な文筆活動を行い、そういう中で『舞姫』も書かれた、という鷗外自身の日本に帰ってからの活動ともつながっていると言えます。

つまり、外国で起こっているさまざまな事件を、日本に伝える海外特派員的なジャーナリストという、当時としては大変珍しい職業を豊太郎は選び、しかもエリスと助け合いながら共働きの生活をしていくことを選んだのです。この豊太郎の生活の選び方それ自体、それまでの日本にはなかった男性と女性の関わりの在り方だったわけです。

ではどのような生活を豊太郎はしたのでしょうか。次のように書かれています。（P20・13〜）


朝の珈琲《カッフェー》果つれば、彼は温習に往き、さらぬ日には家に留まりて、余はキョオニヒ街の間口《まぐち》せまく奥行《おくゆき》のみいと長き休息所に赴《おもむ》き、あらゆる新聞を読み、鉛筆取り出でてかれこれと材料を集む。この截《き》り開きたる引窓《ひきまど》より光を取れる室《へや》にて、定りたる業《わざ》なき若人《わこうど》、多くもあらぬ金を人に借して己《おの》れは遊び暮す老人、取引所の業の隙《ひま》を偸《ぬす》みて足を休むる商人《あきゅうど》などと臂《ひじ》を並べ、冷《ひややか》なる石卓《いしづくえ》の上にて、忙《いそが》はしげに筆を走らせ、小をんなが持て来る一盞《ひとつき》の珈琲の冷《さ》むるをも顧《かえり》みず、明《あ》きたる新聞の細長き板ぎれに挿《はさ》みたるを、幾種《いくいろ》となく掛《か》け聯《つら》ねたるかたへの壁に、いく度《たび》となく往来する日本人を、知らぬ人は何とか見けん。また一時近くなるほどに、温習に往きたる日には返《かえ》り路《じ》によぎりて、余と倶《とも》に店を立出《たちい》づるこの常ならず軽き、掌上《しょうじょう》の舞をもなしえつべき少女を、怪み見送る人もありしなるべし。

我学問は荒《すさ》みぬ。屋根裏の一燈微《かすか》に燃えて、エリスが劇場よりかへりて、椅《いす》に寄りて縫《ぬい》ものなどする側《そば》の机にて、余は新聞の原稿を書けり。昔しの法令条目の枯葉を紙上に掻寄《かきよ》せしとは殊《こと》にて、今は活溌々たる政界の運動、文学美術に係《かかわ》る新現象の批評など、かれこれと結びあはせて、力の及ばん限り、ビョルネよりはむしろハイネを学びて思《おもい》を構へ、様々の文《ふみ》を作りし中にも、引続きて維廉《ウイルヘルム》一世と仏得力《フレデリック》三世との崩殂《ほうそ》ありて、新帝の即位、ビスマルク侯の進退如何《いかん》などの事については、故《ことさ》らに詳《つまびら》かなる報告をなしき。

確かに、外交官を首になって、経済的には厳しい生活を送っているわけですが、当時の豊太郎のエリスとの共働き生活を思い起こして記述しているこのくだりは、活き活きとしています。毎日の生活がどれほど充実したものであったかが、よく伝わってくる叙述《じょじゅつ》だと思います。

まずこの時期のヨーロッパにおける、カフェ文化の特質がはっきりと見えてきます。あらゆる新聞がカフェに置いてあったのです。日本の場合には、日清戦争、日露戦争という二つの大戦を経て、多くの人が自宅に新聞を配達してもらうという独自の体制ができあがりました。しかしヨーロッパやアメリカでは、今でも新聞はキヨスクとか売店で買い、それを職場に持っていって読む場合が多く見られますが、まだ一人ひとりが新聞をとらないという読み方がされていたわけです。

このカフェには、さまざまな新聞社が発行する新聞が置かれていました。当時の新聞は、政党の支持関係など傾向が違っていて、それに近い人の意見や論説を発表する新聞から、芸能情報などを載せるいわゆるタブロイド版と呼ばれる新聞まで、さまざまなタイプのものがありました。明治時代の日本には、「大新聞」と「小新聞」の区別がありました。政治論調を掲載し朝に配達される大判の新聞が「大新聞」で、それに対して特徴ある市井《しせい》の記事を扱った大衆向けのタブロイド版の「小新聞」に分かれていました。その日本の新聞社に、ベルリンから最新のヨーロッパ情報を伝えるという役割をもった仕事を、豊太郎は選んだのです。

豊太郎は、朝カフェに行って、発行された新聞の原稿をメモする、一紙を読み終わったらそれを返して次の新聞をメモする、そうして全部の新聞に目を通すという、丁寧《ていねい》な取材をしていたジャーナリストだったということがわかります。

そのカフェに集まってくるのは「まず定りたる業《わざ》なき若人《わこうど》」、つまりまだ就職が決まっておらず暇な若者たちです。そして、「多くもあらぬ金を人に借して己《おの》れは遊び暮す老人」、つまり自分で働いて貯《た》めたお金を人に貸して、恐らく借りる相手はこの職業もない若者のような人だったりするのでしょうが、わずかの財産で利子生活をしている、暇になった老人がやってきます。それから、仕事はしていますが、株式取引所の売りや買いという朝のやりとりが済んだあと、ちょっと暇《ひま》を見てやってくる商人《あきんど》もきます。

そういう、時間の推移にしたがって、新聞情報を必要とするさまざまな人が現れてくるカフェで、豊太郎は一生懸命すべての新聞をメモしています。午前中にその仕事をカフェの一杯のコーヒーでやっていると、朝、踊りの練習をしに出ていったエリスがこのカフェに寄って、一緒に仲睦《なかむつ》まじく家に帰ります。そして午後から夕方にかけて、エリスが踊り子として練習の成果を、ヴィクトリア座で観客に披露《ひろう》している間、豊太郎は主のいない家で原稿を書いているわけです。それは以前の法令条目を相手にしていた生活とは全く違って、今日何が起こったのかをその日のうちに、日本の新聞社に送るというものでした。もちろん当時物品は船便でしか送れませんが、急ぎの時は電報や電話を使って送信することができました。それが海外特派員的なジャーナリストとしての豊太郎の仕事であり、自分とエリスとの共働きで生活をたてていくという実践だったわけです。

夜はどのように過ごしたかというと、「ビヨルネよりはむしろハイネ」の姿勢に学んで構想を練り、様々な記事を書いていました。一九世紀後半には、ビスマルク体制でさまざまに監視《かんし》されていたことに対する、国民の抗議や反発が沸《わ》き起こってきますが、豊太郎はビスマルク体制に批判的で、当局から監視の目を向けられることになったハイネに共感するようになっていたようです。

そうした中で、長い間ビスマルクと一緒にプロイセンからドイツ帝国体制をつくってきたウィルヘルム一世が亡くなり、新しい皇帝として即位したのがウィルヘルム二世でした。このウィルヘルム二世はビスマルクと仲が悪くなり、数年後にビスマルクが辞職することになり、ドイツの政治体制が変わっていきます。「新帝の即位、ビスマルク候の進退」という事態は、それまで大日本帝国をつくっていく上でフランス型ではなくドイツ型にしていくことを日本は基本にしていましたが、その大日本帝国の雛型《ひながた》としてのドイツ帝国が政治的に微妙に揺《ゆ》らいでいくことを示しています。豊太郎はそのあたりを、日々新聞を読みながら日本に情報を伝えていたのです。

豊太郎はまず、それまでの外交官、政治家として出世しようとした在り方が変わったことについ

て、次のように述べています。（P22・2〜）

我学問は荒みぬ。されど余は別に一種の見識を長じき。そをいかにといふに、凡《およ》そ民間学の流布《るふ》したることは、欧洲諸国の間にて独逸に若《し》くはなからん。幾百種の新聞雑誌に散見する議論には頗《すこぶ》る高尚なるもの多きを、余は通信員となりし日より、かつて大学に繁く通ひし折、養ひ得たる一隻《いっせき》の眼孔《がんこう》もて、読みてはまた読み、写してはまた写すほどに、今まで一筋の道をのみ走りし知識は、自ら綜括的《そうかつてき》になりて、同郷の留学生などの大かたは、夢にも知らぬ境地に到《いた》りぬ。彼らの仲間には独逸新聞の社説をだに善《よ》くはえ読まぬがあるに。

豊太郎はフランス語とともにドイツ語もかなりできたようで、ドイツ人でネイティヴにドイツ語を操《あやつ》るエリスにまで、読み書きを教える能力を持っていました。その当時日本は、普仏戦争に勝利したドイツ帝国に注目し、最も重要な外交相手はフランスよりもドイツに転換していました。そのドイツ語も豊太郎はできたわけです。そうした中で、確かに官僚として外交官になっていくという方向での、法学を中心とした学問は荒《すさ》んだけれども、豊太郎は、日本から来ている外交官たちには読めないような、ドイツの新聞の社説や多様な記事を紹介することができました。

普仏戦争が終わってドイツ帝国が構築されるまでは、それぞれの諸侯が国をつくっており、それぞれの地域に独自の新聞がありました。ですからこの時期は、新聞の種類も発行部数も多かったのです。そういう中で、ドイツにおける新聞雑誌に掲載されたさまざまな議論というのは、非常に豊かでした。太田豊太郎は、「凡《およ》そ民間学の流布《るふ》したることは、欧洲諸国の間にて独逸に若《し》くはなからん」と述べています。

フランスでは早くからアカデミーという国家が統御する国家的な学問体系が大学を中心につくられており、第日本帝国も国家権力の支配下に学問はおかれていました。もちろんドイツにも大学はありましたが、それぞれの諸侯が支配していた地域の新聞の見識が、「民間学」という民間の学問の特殊《とくしゅ》なありかたをつくっていたのです。だから豊太郎はカフェでその「民間学」に触れることができ、それをもとに自分で考えて日本に記事を送ることができたわけです。

ここに太田豊太郎が、エリスとの共働きの、わずかな収入を互いに持ち寄って生活をしていく中で、日本のエリート知識人とは違った、新しい見識をつかむことができた理由があります。このあたりは、前章でお話ししたように、森鴎外自身が帰国したあと、豊かなジャーナリストとしての活動を医学においても文学においてもなし得た経緯と重なっていくように思えます。

そして、決定的な転機が訪れます。その年号を豊太郎はこの『舞姫』にはっきりと記しています。

（P22・8〜）

明治廿一年の冬は来にけり。表街《おもてまち》の人道にてこそ沙《すな》をも蒔《ま》け、鍤《すき》をも揮《ふる》へ、クロステル街のあたりは凸凹坎坷《とつおうかんか》の処は見ゆめれど、表のみは一面に氷りて、朝《あした》に戸を開けば飢《う》ゑ凍《こご》えし雀《すずめ》の落ちて死にたるも哀《あわ》れなり。室《へや》を温め、竈《かまど》に火を焚《た》きつけても、壁の石を徹《とお》し、衣の綿を穿《うが》つ北欧羅巴《ヨーロッパ》の寒さは、なかなかに堪《た》へがたかり。エリスは二三日前の夜、舞台にて卒倒しつとて、人に扶《たす》けられて帰り来しが、それより心地《ここち》あしとて休み、もの食ふごとに吐くを、悪阻《つはり》といふものならんと始めて心づきしは母なりき。ああ、さらぬだに覚束《おぼつか》なきは我身の行末《ゆくすえ》なるに、もし真《まこと》なりせばいかにせまし。

今朝は日曜なれば家にあれど、心は楽しからず。エリスは床《とこ》に臥《ふ》すほどにはあらねど、小《ちさ》き鉄炉《てつろ》の畔《ほとり》に椅子《いす》さし寄せて言葉寡《すくな》し。この時戸口に人の声して、ほどなく庖厨《ほうちゅう》にありしエリスが母は、郵便の書状を持て来て余にわたしつ。見れば見覚えある相沢が手なるに、郵便切手は普魯西《プロシャ》のものにて、消印《けしいん》には伯林《ベルリン》とあり。訝《いぶか》りつつも披《ひら》きて読めば、とみの事にて預《あらかじ》め知らするに由《よし》なかりしが、昨夜《よべ》ここに着せられし天方《あまがた》大臣に附きてわれも来たり。伯《はく》の汝《なんぢ》を見まほしとのたまふに疾《と》く来《こ》よ。汝が名誉を恢復するもこの時にあるべきぞ。心のみ急がれて用事をのみいひ遣《や》るとなり。読《よ》み畢《おわ》りて茫然《ぼうぜん》たる面《おも》もちを見て、エリスいふ。「故郷よりの文《ふみ》なりや。悪しき便《たより》にてはよも。」彼は例の新聞社の報酬に関する書状と思ひしならん。「否《いな》、心にな掛けそ。おん身も名を知る相沢が、大臣と倶《とも》にここに来てわれを呼ぶなり。急ぐといへば今よりこそ。」

ここで、「明治廿一年の冬は来にけり」という歴史的な年号を示す記述が出てきますが、これはとても重要です。明治二一（一八八八）年の一二月あたりだということは、大日本帝国が、それまでの鹿鳴館的な、列強におもねって「安政五カ国条約」の改正をしようという路線を、転換していくという、実際の歴史と深く結びついていたわけです。

明治二一年の冬の直前、明治二一年の一一月三〇日、メキシコと大日本帝国の間で、「日本メキシコ友好通商条約」が結ばれます。これは「安政五カ国条約」の不平等体制以降、初めての対等平等の国際条約でした。

相手がメキシコだから大したことはないと思われるかもしれませんが、そうではありません。日本に最初に開国を迫ったペリーという人物は、アメリカ合衆国がメキシコと、西海岸領有をめぐる戦争をしているときのメキシコ艦隊《かんたい》の司令長官でした。そのアメリカとメキシコとの戦争に勝利して、西海岸のカリフォルニアをアメリカ合衆国がメキシコから奪い取ることによって、サンフランシスコやサンディエゴといった太平洋に面した港を、アメリカ合衆国が使えるようになり、ペリーは太平洋艦隊の司令長官になりました。ペリーはアメリカの海軍の軍艦を蒸気船《じょうきせん》にし、アメリカ海軍の「蒸気船の父」と言われるようになり、太平洋を渡ってアジアにアメリカの綿工業製品を売りつけるために、日本に開港を迫りました。それが一八五〇年代でした。

そう考えると、メキシコと日本が対等・平等の通商条約を結んだということは、「安政五カ国条約」体制から、一国ずつ外交交渉をして不平等条約を変えていくという外交に転換する契機なわけです。

そうすると、厳しい外交交渉が必要となりますから、ドイツ語もフランス語もできる語学の使い手としての太田豊太郎は、重要な役割を果たしうるということになります。そこに、友人の相沢謙吉が眼を着けたのです。ヨーロッパとの条約改正の交渉を巡って、天方伯《あまがた》がちょうどベルリンに着いたので、豊太郎に来ないかという手紙が来たわけです。ですから「明治廿一年の冬は来にけり」というのは、みごとにこの小説における、豊太郎の運命の転換と結びついている歴史的な問題設定なのです。鷗外自身がドイツから帰ってくる時期とそれは重なりますから、鷗外森林太郎の帰国も、日本の外交政策の大きな転換と結びついていたわけです。

そこでエリスによく知っている相沢から手紙が来たのでこれから会いに行ってくると言います。ここで重要なのは、エリスが妊娠《にんしん》をしたことがわかることです。どうも体調が悪くて臥《ふ》せっていた、それがつわりだということを、エリスの母親が見抜くわけです。豊太郎とエリスは肉体関係をもっていて、豊太郎の子どもをエリスが身ごもった、ということが明確になります。

豊太郎は、結果としてエリスを捨て、相沢謙吉の提案に従って天方伯との会合に向かいます。それを送り出す瞬間の、豊太郎のために襟飾《えりかざ》りをつけてやるエリスの言葉です。（P23・14〜）

「これにて見苦しとは誰れも得言《え》はじ。我鏡《わが》に向きて見玉《みたま》へ。何故にかく不興なる面もちを見せ玉ふか。われも諸共《もろとも》に行かまほしきを。」少し容《かたち》をあらためて。「否、かく衣を更《あらた》め玉ふを見れば、何となくわが豊太郎の君とは見えず。」また少し考へて。「縦令富貴《よしやふうき》になり玉ふ日はありとも、われをば見棄て玉はじ。我病は母の宣《のたま》ふ如くならずとも。」

「何、富貴。」余は微笑しつ。「政治社会などに出でんの望みは絶ちしより幾年《いくとせ》をか経ぬるを。

大臣は見たくもなし。唯年《ただ》久しく別れたりし友にこそ逢《あ》ひには行け。」エリスが母の呼びし一等「ドロシュケ」は、輪下にきしる雪道を窓の下《もと》まで来ぬ。余は手袋をはめ、少し汚れたる外套《がいとう》を背に被《おお》ひて手をば通さず帽を取りてエリスに接吻《せっぷん》して楼《たかどの》を下《くだ》りつ。彼は凍れる窓を明け、乱れし髪を朔風《さくふう》に吹かせて余が乗りし車を見送りぬ。

エリスは豊太郎の言葉に何の疑いも持たず、天方伯に会うために襟飾《えりかざ》りをつけてやります。たとえ私の病が、母が言ったように妊娠ではなかったとしても、私を見捨てないでください、そう送り出すときに言う一言が象徴的です。つまり豊太郎が日本との関係をもう一度取り戻すということは、これまで送ってきた二人の生活を捨てるという可能性が生じたことにほかなりません。エリスと共働きをしながら、生活がぎりぎり成り立っていたのは、エリスの父親が借りていた家があったからです。当時でも、生活をしていく上でいちばん費用がかかるのが住宅費であるというのは、ヨーロッパの都市においても、日本の都市においても同様でした。

さて、久しぶりに天方伯と相沢謙吉に会い、豊太郎はいろいろ事情を語り、天方伯や相沢からもいろいろ意見を言われます。食卓で相沢からいろいろ訊かれ、豊太郎がそれに答えた、ということの概略は以下のようなことでした。（P25・6〜）

余が胸臆《きょうおく》を開いて物語りし不幸なる閲歴《えつれき》を聞きて、かれはしばしば驚きしが、なかなかに余を譴《せ》めんとはせず、却りて他の凡庸《ぼんよう》なる諸生輩《しょせいはい》を罵《のの》りき。されど物語の畢《おわ》りしとき、彼は色を正して諌《いさ》むるやう、この一段のことは素《も》と生れながらなる弱き心より出でしなれば、今更に言はんも甲斐《かい》なし。とはいへ、学識あり、才能あるものが、いつまでか一少女の情にかかづらひて、目的なき生活《なりわい》をなすべき。今は天方伯も唯だ独逸語を利用せんの心のみなり。おのれもまた伯が当時の免官の理由を知れるが故に、強《しい》てその成心を動かさんとはせず、伯が心中にて曲庇者《きょくひもの》なりなんど思はれんは、朋友《ほうゆう》に利なく、おのれに損あればなり。人を薦《すす》むるは先づその能を示すに若《し》かず。これを示して伯の信用を求めよ。また彼《かの》少女との関係は、縦令《よしや》彼に誠ありとも、縦令情交は深くなりぬとも、人材を知りてのこひにあらず、慣習といふ一種の惰性《だせい》より生じたる交《まじわり》なり。意を決して断てと。これその言《こと》のおほむねなりき。

つまり相沢謙吉は、エリスとのかかわりを「意を決して断て」と言うのです。その結果、相沢謙吉に言われた言葉を胸に、豊太郎はエリスのもとへ戻ります。ひと月ばかり経って、天方伯から、「これからロシアに行くので、従ってついてこないか」と、自らの外交活動に豊太郎を招き入れます。そこから、ロシアに行くという話が出てくるのです。

豊太郎がドイツに派遣されてきたのは、日本がドイツを国家づくりの手本にするという時期であり、普仏戦争でのドイツの勝利以来最も重要な国だからです。しかしドイツの体制も変わりつつあるもとで、天方伯がこれからロシアに行こうとする理由は何か。それは、ロシアとも「安政五カ国条約」で不平等条約体制になっていましたから、外交関係からも、その改正を目指さなければなりません。すると、ドイツ語とフランス語に堪能《たんのう》な豊太郎を連れていこうとするのは、ロシア語までは習得していないでしょうから、むしろロシアに駐在しているドイツやフランスの外交官との関わりで、豊太郎を利用して使おうと考えていたのだろうと思います。

こうして豊太郎は、相沢謙吉の上司である天方伯の提案を受け入れて、翻訳の料金だけでなく旅費までもらって、旅に出ます。（P27・12～）

鉄路にては遠くもあらぬ旅なれば、用意とてもなし。身に合せて借りたる黒き礼服、新《あらた》に買求めたるゴタ板《ばん》の魯廷《ろてい》の貴族譜、二三種の辞書などを、小「カバン」に入れたるのみ。さすがに心細きことのみ多きこのほどなれば、出で行く跡に残らんも物憂《ものう》かるべく、また停車場にて涙こぼしなどしたらんには影護《うしろめた》かるべければとて、翌朝早くエリスをば母につけて知る人がり出《いだ》しやりつ。余は旅装整へて戸を鎖《とざ》し、鍵をば入口に住む靴屋の主人に預けて出でぬ。

家を引き払って、エリスを母に預け、豊太郎は旅に出ます。豊太郎は貧しい生活をしていましたから礼服などはありません。それで、黒い礼服は借り、買ったのは「新に買求めたるゴタ板《ばん》の魯廷《ろてい》の貴族譜、二三種の辞書など」でした。ドイツ中部の都市ゴータで出版された『ゴータ年鑑』は、絵画や、歴史・地理関係資料などの広範な収集で著名でした。さすが外交官である豊太郎は、その出版社が出しているロシア人の貴族の系譜《けいふ》を買い求めたのです。これから出会うロシアでの高官や交渉する人たちの名字を知れば、この人がどういう系譜の貴族なのかをきちんと認識することができます。ドイツの人たちも、ロシアと交渉するには出自が大切であり、必ずどういう家柄なのかを意識しました。それで、この出版社の発行している「貴族譜」を、豊太郎は持っていったのです。フランス語やドイツ語がよくできる豊太郎であるがゆえに、ゴータ版の資料を買い求めたのです。日本が条約改正を進めようとしているロシアとの重要な外交交渉に豊太郎も参加するということは、もう一度外交官として復帰することの可能性が見えてくるわけです。しかしそのことはエリスには一切話していません。ロシアでの外交交渉の途中で、豊太郎はエリスに何度も手紙を書きます。エリスからドイツ語で手紙がくると、豊太郎もドイツ語で返事を書くわけです。その手紙のあらましが、ここで紹介されます。（P28・14～）

　またほど経てのふみは頗《すこぶ》る思ひせまりて書きたる如くなりき。文《ふみ》をば否《いな》といふ字にて起したり。否、君を思ふ心の深き底《そこひ》をば今ぞ知りぬる。君は故里《ふるさと》に頼もしき族《やから》なしとのたまへば、この地に善き世渡《よわたり》のたつきあらば、留り玉はぬことやはある。また我愛もて繋《つな》ぎ留《ど》めでは止《や》まじ。それも愜《かな》はで東《ひんがし》に還り玉はんとならば、親と共に往かんは易《やす》けれど、かほどに多き路用《ろよう》を何処《いづく》よりか得ん。怎《いか》なる業《わざ》をなしてもこの地に留りて、君が世に出で玉はん日をこそ待ためと常には思ひしが、暫しの旅とて立出で玉ひしよりこの二十日ばかり、別離の思《おもい》は日にけに茂りゆくのみ。袂《たもと》を分《わか》つはただ一瞬の苦艱《くげん》なりと思ひしは迷《まよい》なりけり。我身の常ならぬが漸《ようや》くにしるくなれる、それさへあるに、縦令《よしや》いかなることありとも、我をば努《ゆめ》な棄て玉ひそ。母とはいたく争ひぬ。されど我身の過ぎし頃には似で思ひ定めたるを見て心折れぬ。わが東に往かん日には、ステッチンわたりの農家に、遠き縁者あるに、身を寄せんとぞいふなる。書きおくり玉ひし如く、大臣の君に重く用ゐられ玉はば、我路用の金はともかくもなりなん。今はひたすら君がベルリンにかへり玉はん日を待つのみ。

妊娠している身のエリスは、母親を知り合いのところに預けて自分は豊太郎とともに日本に行く、というところまで決意を固めた手紙を書いて送っています。自分の中でどうしようかと迷って一旦は否定しますが、「否、君を思ふ心の深き底《そこひ》をば今ぞ知りぬる」と再否定による激しい感情を表す手紙を、エリスは書いてよこします。

読み書きのできなかったエリスに、この高度の文法規則があるドイツ語の係《かか》り結《むす》びを教えたのは豊太郎です。この豊太郎に学んだ言語能力を駆使《くし》して、豊太郎の心を揺さぶる文章力のある手紙を書けるようになるまでに、エリスは成長を遂げているわけです。そして、豊太郎の子どもを宿していること、すでに母親の預け先も手を打ってあることを伝え、そこまで準備を整えているのだから何とか天方伯から自分の旅費も出してもらえないだろうか、ということまで頼んでいるのです。

これだけ詳細にエリスの手紙が紹介されているということは、もうすぐ日本に着くはずのセイゴンの港で、豊太郎が、このドイツ語で書かれた手紙を開き、それを読みながら日本語に翻訳して書き記している、ということです。このエリスの手紙は、豊太郎が指導したドイツ語で書かれたものでした。いま、そうして書かれた文字が目の前に現れるというドラマが、『舞姫』の後半に切実な悲劇になっていることも、ぜひ読みとっていただければと思います。

ドイツ語で書かれたものを日本語に変換しているのですから、この翻訳という行為それ自体が、エリスとの別れを決定的にする行為です。おそらくドイツ語で「nicht（否）」と書かれたものを「否」という日本語で使用する漢字に翻訳した、その瞬間に、エリスと訣別《けつべつ》するという手記を熾熱燈《しねつとう》で照らされた船室の中で一文字一文字書き記しているのです。

書くこととはいったいどういう行為なのか、人間にとって文字を記してそれを相手に伝えるというのはどういうことなのか、それをもう一度書き写しながら別の言語に翻訳するということの中にどういう裏切りが働いているのか、これが、手記の形式をとった『舞姫』という小説の最も衝撃的《しょうげきてき》な、複数の言語を操る豊太郎の精神をめぐるドラマの一つだと私は思います。

繰り返しますが、豊太郎がエリスのドイツ語の手紙を読みながら日本語に翻訳して日本向けに手記を書く、そのこと自体が今までためらっていたエリスとの別れを、書くことによって決定的にする、そういう手記の書き方になっているわけです。（P29・12〜）

ああ、余はこの書《ふみ》を見て始めて我地位を明視し得たり。恥かしきはわが鈍き心なり。余は我身一つの進退につきても、また我身に係らぬ他人《ひと》の事につきても、決断ありと自ら心に誇りしが、この決断は順境にのみありて、逆境にはあらず。我と人との関係を照さんとするときは、頼みし胸中の鏡は曇りたり。

これは、この手紙を読んだ後に、過去の想いを書きつけているわけです。ロシアから日本に戻る同じ船に、相沢謙吉も乗っています。豊太郎がこれから仕える天方伯も乗っているのかもしれません。つまり、このあとの『舞姫』の叙述は、改めて冒頭に舞い戻ると、セイゴンの港で、蒸気船の窓から石炭を積み果ててしまった後の、いろいろ悩んだ挙句《あげく》の言葉を書くことそのものに組み込まれた、別離のドラマなのです。同時にそれは、豊太郎がエリスに対してどれだけ残酷《ざんこく》で薄情《はくじょう》なことをしているのかが、一文字一文字読者には突きつけられてくるのです。

そこに至る各現場での豊太郎の心中を読み取っていただきたいのですが、私は、エリスとの関係を決定的に断つということを大臣に約束して、ロシアからもう一度ベルリンに戻ったのだと思います。その、戻った時の描写です。（P30・9〜）

ああ、独逸《ドイツ》に来《こ》し初《はじめ》に、自ら我本領を悟りきと思ひて、また器械的人物とはならじと誓ひしが、こは足を縛《ばく》して放《はな》たれし鳥の暫し羽を動かして自由を得たりと誇りしにはあらずや。足の糸は解くに由《よし》なし。さきにこれを繰《あや》つりしは、我某省《なにがし》の官長にて、今はこの糸、あなあはれ、天方伯の手中にあり。余が大臣の一行と倶にベルリンに帰りしは、あたかもこれ新年の旦《あした》なりき。停車場に別を告げて、我家《わがや》をさして車を駆《か》りつ。ここにては今も除夜に眠らず、元旦に眠るが習《ならい》なれば、万戸寂然《ばんこせきぜん》たり。寒さは強く、路上の雪は稜角《りょうかく》ある氷片となりて、晴れたる日に映じ、きらきらと輝けり。車はクロステル街に曲《まが》りて、家の入口に駐《とど》まりぬ。この時窓を開く音せしが、車よりは見えず。馭丁《ぎょてい》に「カバン」持たせて梯《はしご》を登らんとするほどに、エリスの梯を駈《か》け下《おり》るに逢ひぬ。彼が一声《ひとこえ》叫びて我頸《うなじ》を抱《いだ》きしを見て馭丁は呆《あき》れたる面《おも》もちにて、何やらむ髭《ひげ》の内にて云ひしが聞えず。

「善《よ》くぞ帰り来玉《きたま》ひし。帰り来玉はずば我命は絶えなんを。」

我心はこの時までも定まらず、故郷を憶《おも》ふ念《ねん》と栄達を求むる心とは、時として愛情を圧せんとせしが、唯だこの一刹那《いっせつな》、低徊踟躕《ていかいちちゅう》の思《おもい》は去りて、余は彼を抱き、彼の頭《かしら》は我肩に倚《よ》りて、彼が喜びの涙ははらはらと肩の上に落ちぬ。

豊太郎は、エリスとの住まいに戻っていきます。しかし結局、大臣に約束した、エリスと別れて日本に帰ることは言い出せないまま、過ぎ去っていきます。

二、三日の間はとりあえず旅の疲れを癒《いや》すために大臣を訪ねることもせず、エリスに告白できないまま思い悩む日々を過ごし、年が明けます。冬の寒い間、つまり明治二一（一八八一）年の冬から明治二二年の元旦を迎え、一月に入ったときです。豊太郎はエリスに告白することができず、街

中をさまよい続けます。(P33・7〜)

足の運びの捗《はかど》らねば、クロステル街まで来《こ》しときは、半夜《はんや》をや過ぎたりけん。ここまで来し道をばいかに歩みしか知らず。一月上旬の夜なれば、ウンテル・デン・リンデンの酒家、茶店はなほ人の出入《でいり》盛りにて賑《にぎ》はしかりしならめど、ふつに覚えず。我脳中には唯々《ただただ》我は免《ゆる》すべからぬ罪人なりと思ふ心のみ満ち満ちたりき。

四階の屋根裏には、エリスはまだ寝《い》ねずと覚《お》ぼしく、烱然《けいぜん》たる一星の火、暗き空にすかせば、明かに見ゆるが、降りしきる鷺《さぎ》の如き雪片に、乍《たちま》ち掩《おお》はれ、乍ちまた顕《あらわ》れて、風に弄《もてあそ》ばるるに似たり。戸口に入りしより疲《つかれ》を覚えて、身の節の痛み堪《た》へがたければ、這《は》ふ如くに梯《はしご》を登りつ。庖厨《ほうちゅう》を過ぎ、室《へや》の戸を開きて入りしに、机に倚《よ》りて襁褓《むつき》縫《ぬ》ひたりしエリスは振り返へりて、「あ」と叫びぬ。「いかにかし玉ひし。おん身の姿は。」

驚きしも宜《うべ》なりけり、蒼然《そうぜん》として死人に等しき我面色、帽をばいつの間にか失ひ、髪は蓬《おど》ろと乱れて、幾度か道にて跌《つまず》き倒れしことなれば、衣は泥まじりの雪に汙《よご》れ、処々は裂《さ》けたれば。

余は答へんとすれど声出でず、膝の頻《しき》りに戦《おのの》かれて立つに堪へねば、椅子を握《つか》まんとせしまでは覚えしが、そのままに地に倒れぬ。

人事を知るほどになりしは数週《すしゅう》の後《あと》なりき。熱劇《はげ》しくて譫語《うわごと》のみ言ひしを、エリスが慇《ねんごろ》にみとるほどに、或日相沢は尋ね来て、余がかれに隠したる顛末《てんまつ》を審《つば》らに知りて、大臣には病の事のみ告げ、よきやうに繕《つくろ》ひ置《お》きしなり。余は始めて病牀《びょうしょう》に侍するエリスを見て、その変りたる姿に驚きぬ。彼はこの数週の内にいたく痩《や》せて、血走りし目は窪《くぼ》み、灰色の頬《ほお》は落ちたり。相沢の助《たすけ》にて日々の生計《たつき》には窮せざりしが、この恩人は彼を精神的に殺ししなり。

後に聞けば彼は相沢に逢《あ》ひしとき、余が相沢に与へし約束を聞き、またかの夕べ大臣に聞え上げし一諾《いちだく》を知り、俄《にわか》に座より躍《おど》り上《あ》がり、面色さながら土の如く、「我豊太郎ぬし、かくまでに我をば欺き玉ひしか」と叫び、その場に僵《たお》れぬ。相沢は母を呼びて共に扶《たす》けて床に臥《ふせ》させしに、暫くして醒めしときは、目は直視したるままにて傍《かたわら》の人をも見知らず、我名を呼びていたく罵《ののし》り、髪をむしり、蒲団《ふとん》を噛《か》みなどし、また遽《にわか》に心づきたる様にて物を探《さぐ》り討《もと》めたり。母の取りて与ふるものをば悉《ことごと》く抛《なげう》ちしが、机の上なりし襁褓《むつき》を与へたるとき、探りみて顔に押しあて、涙を流して泣きぬ。

これも豊太郎が後に、友人の相沢謙吉から聞いたことなのです。つまり、決定的なところはすべて伝聞なのです。ですから、太田豊太郎がエリスに対してとった、不誠実な態度の一切は、人から聞いた話を記すことでしか、この『舞姫』の船室の中で書かれた最後の手記を終わらせることができなかったということです。そして何よりも豊太郎が、読み書きを教えたドイツ語でのエリスとの関係、何より彼女の手紙を、日本語に翻訳してしまったところに、決定的な裏切りが刻み込まれていたのです。

ここに、ある特定の言語圏の言葉を発すること、言葉を書きつけること、そこに人間としてのどのような真実と倫理性を込めることができるのかという、『舞姫』という小説における「書く」ことを巡る問題が鋭く表れているように思えます。作者の森鷗外にしても、エリーゼという女性が日本まで追いかけてきて、文壇《ぶんだん》スキャンダルになったことも合わせてお考えください。

繰り返しますが、エリスとのやりとりを豊太郎が言葉で書く場合、手紙もそうでしたが、常にドイツ語で行われました。そのドイツ語は太田豊太郎自身がエリスに教育したものです。それを日本語に翻訳して手記に書きつけることによって、エリスとの関係を最終的に断つ。ここに、『舞姫』という小説における登場人物の太田豊太郎が選んでしまった、極めて残酷な言葉の使い方の問題がしっかりと刻まれているように思えてなりません。

私も多くの高校で、この『舞姫』の実験授業をさせていただいたことがあります。その中で一回だけ、これは三重県の農業高校でしたが、その授業の最後にある男子の生徒が発言しました。「エリスは子どもを産んだんですよね。その子は太田豊太郎の血が混じっているわけですから、明らかにアジア系の顔をしていたはずですよね。お母さんが精神的におかしくなって育ててくれるのはおばあちゃんだけで、その子は、どうなったんでしょうか」、という私に向かって発せられた問いでした。

私はその瞬間まで、エリスが産む子どものことまでは、実は考えていませんでした。けれども、母親と二人で生活してきたその農業高等学校の男子生徒の想いの中には、この小説が内在している大事な問題を提起していたように思います。これは初めての体験でしたが、小説を読むということは、これで終わり、ということはなかなかない、さまざまなことに新たに気付かされていくものである、ということを改めて考えさせられました。

あとがき

ほぼ同じ時代に発表された二葉亭四迷の『浮雲』（一八八七～八九）と、森鷗外の『舞姫』（一八九〇）とを並べて読んだことで、日本近代小説の出発点において、どのような文学的事件が発生していたかかが、はっきりと浮かびあがって来ました。

二人の作者の経歴も、小説の舞台も、作中人物の設定も、そして何より文体が、全く異なるにもかかわらず、いくつかの大切な共通項が見えてきました。

一つは、それまで必死で歩んできた、明治学歴社会を上に昇って、明治新政府の官僚になったにもかかわらず、理由は異なりますが内海文三も太田豊太郎も失職をしてしまうという設定です。それは明治新政府の「太政官制」が、一八八五（明治一八）年に、「内閣制度」に転換した、という政治体制の大きな変化があります。明治維新の大義としての条約改正を実現するためには、不可欠な制度変更が、主人公の運命を大きく動かしたのです。

もう一つの共通した設定は、失職とのかかわりで、かかわっていた女性との関係が壊されてしまうという、失恋にあります。それまでの立身出世小説の場合は、関わっていた女性とめでたく結婚するという物語でしたが、それを一八〇度転換するという設定の激変です。その失恋をめぐっての男性の側の内省が、それまでになかった「内的独白」とも言える新しい日本語の文体を創り出したのです。

つまり、日本の近代小説の出発は、明治維新国家の、列強との不平等条約体制を転換する営みと、その中で生きる知識人男性がおかれた困難と、女性との恋愛と結婚が重ね合わされる形で、それまでになかった人間関係が言葉で表現されていくことによって可能になったのです。

小森陽一（こもり・よういち）

1953年、東京生まれ。東京大学名誉教授、専攻は日本近代文学、夏目漱石研究者。「九条の会」事務局長。著書に、『世紀末の予言者・夏目漱石』（講談社）『漱石論　21世紀を生き抜くために』（岩波書店）『漱石を読みなおす』（岩波現代文庫）『子規と漱石――友情が育んだ写実の近代』（集英社新書）『夏目漱石、現代を語る　漱石社会評論集』（編著、角川新書）『小森陽一、ニホン語に出会う』（大修館書店）『ことばの力 平和の力――近代日本文学と日本国憲法』『13歳からの夏目漱石』『戦争の時代と夏目漱石』（かもがわ出版）など多数。

協力　株式会社 たびせん・つなぐ
　　　http://www.tabisen-tsunagu.com

装丁　加門啓子

読み直し文学講座 Ⅱ
二葉亭四迷、森鴎外の代表作を読み直す
――近代小説の出発、立身出世主義時代の失業と恋愛

2020年11月20日　第1刷発行
著　者　© 小森陽一
発行者　竹村正治
発行所　株式会社かもがわ出版
　　　　〒602-8119　京都市上京区堀川通出水西入
　　　　TEL075-432-2868　FAX075-432-2869
　　　　振替 01010-5-12436
　　　　ホームページ http://www.kamogawa.co.jp
印　刷　シナノ書籍印刷株式会社

ISBN978-4-7803-1124-2　C0395